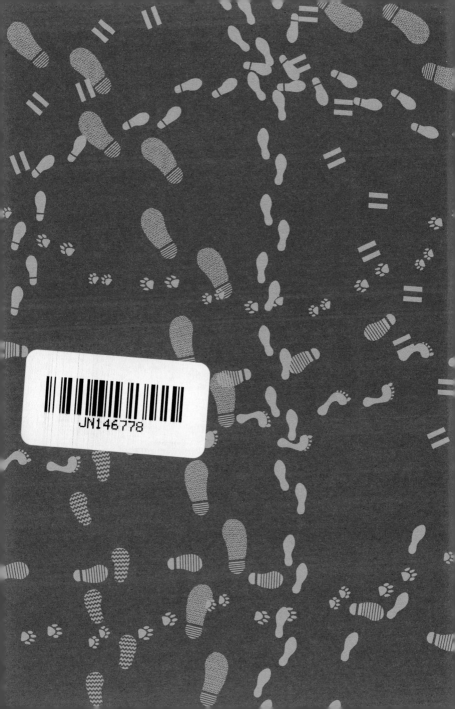

# 悪《ワル》ガキ7《セブン》

WARUGAKI 7

## 学校対抗イス取りゲーム

宗《そう》田《だ》理《おさむ》

静山社

もくじ

☆☆☆☆☆

第《だい》1章《しょう》★北《きた》から来《き》たライバル…7
第《だい》2章《しょう》★名女優《めいじょゆう》と迷女優《めいじょゆう》たち…53
第《だい》3章《しょう》★きれいな先生《せんせい》は好《す》きですか？…99
第《だい》4章《しょう》★校庭《こうてい》の落書《らくが》き…135
第《だい》5章《しょう》★地下《ちか》の天国《てんごく》…185
エピローグ…241
あとがきにかえて…245

WARUGAKI 7 CONTENTS

# 登場人物紹介《とうじょうじんぶつしょうかい》

葵町《あおいちょう》に住《す》むいたずら大好《だいす》きな悪《わる》ガキ7人《にん》と仲間《なかま》たちだよ!

**★ユリ**

マリの双子《ふたご》の妹《いもうと》。やさしくおっとりしているが、勇気《ゆうき》と好奇心《こうきしん》といたずらの才能《さいのう》はぴかいち

**マリ★**

いたずら大好《だいす》きな小学《しょうがく》5年《ねん》生《せい》の双子《ふたご》の姉《あね》。正義感《せいぎかん》が強《つよ》くてけんかっぱやい、みんなのリーダー

**ヒロ★**

洋食屋《ようしょくや》「くい亭《てい》」の息子《むすこ》で食《く》いしん坊《ぼう》。悪《わる》ガキの大事《だいじ》な仲間《なかま》、小犬《こいぬ》のトンの飼《か》い主《ぬし》

**マサル★**

けんかなら中学生《ちゅうがくせい》にも負《ま》けない(!?)、マリとユリの同級生《どうきゅうせい》。八百屋《やおや》さんの息子《むすこ》

**ケンタ★**

ちょっぴり弱虫《よわむし》なところがむしろ長所《ちょうしょ》。ミステリー好《ず》き。特技《とくぎ》はお菓子《かし》づくり

**サキ★**

本《ほん》が大好《だいす》きでハンパなく物知《ものし》り。「地獄《じごく》とは何《なに》か知《し》ってる?」と地獄《じごく》の話《はなし》が得意《とくい》

**ヤスオ★**

将棋《しょうぎ》はプロ級《きゅう》で頭脳《ずのう》明晰《めいせき》。将棋《しょうぎ》と同《おな》じく、数手先《すうてさき》を読《よ》んだいたずら計画《けいかく》を立《た》てる

**二郎《じろう》★**

高層《こうそう》マンションに住《す》む“お金持《かねも》ち”だが、本当《ほんとう》はみんなと一緒《いっしょ》にいたずらがしたい

**喬《たかし》★**

身《み》の回《まわ》りで何《なに》かとミステリアスな事件《じけん》が起《お》こる、ちょっと不《ふ》思議《しぎ》な転校生《てんこうせい》

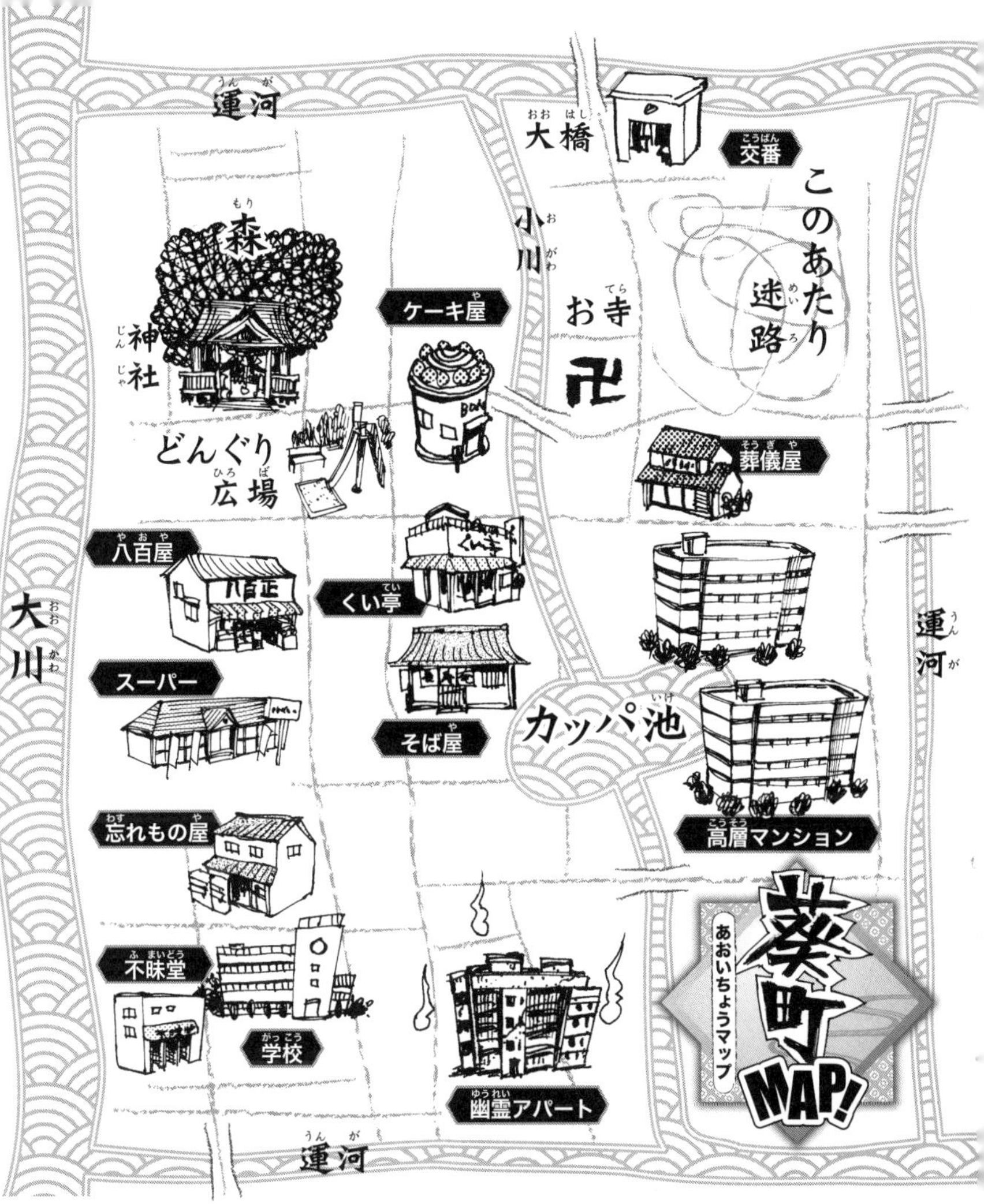

涼介《りょうすけ》★

高校《こうこう》1年生《ねんせい》。ミーおばさんの孫《まご》。ロンドン育《そだ》ちのイケメンでサッカーが得意《とくい》

ミーおばさん★

文房具屋兼忘《ぶんぼうぐやけんわす》れもの屋《や》の店主《てんしゅ》。元小学校《もとしょうがっこう》の先生《せんせい》で、みんなのお助《たす》けマン

カバ&《アンド》美子《よしこ》先生《せんせい》★

7《セブン》たちの担任《たんにん》の河合《かわい》美子《よしこ》先生《せんせい》と、さえないけどハートは熱《あつ》い音楽教師《おんがくきょうし》のカバ先生《せんせい》

# 悪《ワル》ガキ7《セブン》とは!?

東京《とうきょう》のはずれにある、古《ふる》い町《まち》、葵町《あおいちょう》。大《おお》きな川《かわ》にまわりを囲《かこ》まれ、消《しょう》防車《ぼうしゃ》やバスも通《とお》れないような小《ちい》さな道《みち》が迷路《めいろ》のように入《い》り組《く》んでいるためか、「葵町《あおいちょう》に入《はい》ったら二度《にど》と出《で》られない」といううわさがあるが、うそか本当《ほんとう》かはわからない。

さて、そんな小《ちい》さな町《まち》の、小《ちい》さな小学校《しょうがっこう》の向《む》かいにある、小《ちい》さな「文《ぶん》房具屋兼忘れもの屋《ぼうぐやけんわすれものや》」に本部《ほんぶ》をかまえる、いたずら大好《だいす》きな悪《わる》ガキ七人組《にんぐみ》、名《な》づけて「悪《ワル》ガキ7《セブン》」。弱《よわ》い者《もの》いじめが大嫌《だいきら》いで、困《こま》っている人《ひと》をほうっておけない正義《せいぎ》の味方《みかた》。みんなの悩《なや》みを聞《き》いては、ひきょうな大人《おとな》やいじめっこを、片《かた》っぱしから得意《とくい》のいたずらでやっつけてしまう。

さあ、今回《こんかい》は、どんな事件《じけん》がおこるかな?

# 北から来たライバル

## 第1章

# 1

「おはよう」

いつものように、ユリとマリが明《あか》るい声《こえ》を出《だ》して教室《きょうしつ》へ入《はい》っていったが、今日《きょう》はだれもそれにこたえる者《もの》はいなかった。

なぜなら、みんな教室《きょうしつ》の中心《ちゅうしん》に集《あつ》まって、大騒《おおさわ》ぎをしていたからだ。

「なにかあったの？」

マリはすぐさま、その人《ひと》だかりの中《なか》に首《くび》を突《つ》っ込《こ》んだ。

「それが、マサルのやつが傑作《けっさく》なんだ……」

ヒロは、言《い》ってるそばから笑《わら》いだした。

「だから、なにがよ？」

ユリが後《うし》ろから答《こた》えを急《せ》かしたが、ヒロは笑《わら》ってばかりだ。

「座《すわ》ったとたんに、マサルくんがイスを壊《こわ》しちゃったんだ」

二郎《じろう》がかわりに説明《せつめい》した。

見下《みお》ろすと、いくつかの机《つくえ》やイスを巻《ま》き込《こ》みながら、マサルが床《ゆか》にひっくり返《かえ》っていた。

「いててて……。なんだよ、コレ」

体《からだ》が大《おお》きいマサルがのっそりと体《からだ》をおこすと、彼《かれ》のお尻《しり》の下《した》では、合板《ごうはん》と金属《きんぞく》でできたイスがぺしゃんこになっていた。

「普通《ふつう》……、こんなふうになるか？　……マサルは、……体重《たいじゅう》が重《おも》すぎ……」

ヒロの笑《わら》いは、まだ収《おさ》まらない。

「うるせえ、このイスがボロすぎるんだ！」

マサルは吐《は》き捨《す》てるように言《い》った。

いつも朝《あさ》から両親《りょうしん》が営《いとな》む八百屋《やおや》の手伝《てつだ》いをしているため、力持《ちからも》ちでけんかではほとんどだれにも負《ま》けたことがない。そんなマサルが顔《かお》を赤《あか》らめるほど恥《は》ずかしがっているのはめずらしい。

「たしかに、机《つくえ》もイスもなかなかの年代物《ねんだいもの》だけどね」

マリはあらためてながめてみたが、どれも傷《きず》や落書《らくが》きだらけで、座《すわ》っているだけでギシギシいっている。

葵小《あおいしょう》は全校《ぜんこう》の児童数《じどうすう》が百人《にん》に満《み》たない学校《がっこう》である。昔《むかし》は各学年《かくがくねん》に四クラスもあったらしいが、今《いま》はひとクラスしかなく、ほかの部屋《へや》は物置《ものお》きになっている。

校舎《こうしゃ》も老朽化《ろうきゅうか》が激《はげ》しく、まもなく取《と》り壊《こわ》されるといううわさもある。

「おい、何《なに》か入《はい》ってきたぞ」

その時《とき》、窓《まど》の外《そと》をながめていたヤスオが声《こえ》を出《だ》したので、みんなは一斉《いっせい》に外《そと》を見《み》た。すると、校門《こうもん》から数台《すうだい》の車《くるま》が砂《すな》ぼこりをあげながら校庭《こうてい》にすべり込《こ》んできた。

先頭《せんとう》はコンテナを積《つ》んだ大《おお》きなトラック。続《つづ》けて、白《しろ》いバンと赤《あか》いスポーツカー。

白《しろ》いバンがトラックの横《よこ》に停《と》まると、中《なか》からおそろいの派手《はで》な作業服《さぎょうふく》を着込《きこ》んだ人《ひと》たちが数《すう》人《にん》降《お》りてきて、いくつかの機材《きざい》をトラックからおろし、校舎《こうしゃ》へ運《はこ》びはじめた。

「おい、工事《こうじ》でもするんじゃないか？」

隣《となり》の空《あ》き教室《きょうしつ》へ、かわりのイスを取《と》りにいっていたマサルが、教室《きょうしつ》のドアを開《あ》けるなり言《い》った。

「どうしたの？」

マリが聞《き》いた。

「空《あ》き教室《きょうしつ》にあった物《もの》が全部《ぜんぶ》、廊下《ろうか》に放《ほう》り出《だ》されてるんだ」

マサルが持《も》っているイスも、その廊下《ろうか》から取《と》ってきたようだ。

「どこの教室《きょうしつ》もひどい傷《いた》みようだから、いよいよ直《なお》してくれるんじゃないか」

ヒロが口《くち》をはさむと、

「ヒロ、おまえは楽天的《らくてんてき》すぎる。わざわざそんなことするわけがない。この学校《がっこう》、古《ふる》いから、きっと取《と》り壊《こわ》すんだ」

マサルが言《い》った。

「それじゃ、おれたちはどこへ行《い》くんだ？」

ヤスオは表情《ひょうじょう》をくもらせた。

「校舎《こうしゃ》のリフォームが終《お》わるまで、学校《がっこう》は休《やす》みになるんじゃないか」

ヒロが能天気《のうてんき》なことを言《い》うので、

「まさか、それはないでしょ」

マリはあきれて肩《かた》をすくめた。

みんなでがやがや騒《さわ》いでいると、担任《たんにん》の河合美子《かわいよしこ》が入《はい》ってきた。

「みんな騒《さわ》がしいわね。どうしたの？」

「先生《せんせい》、あの音《おと》はなに？　うるさくて勉強《べんきょう》なんてできないよ」

マサルが聞《き》いた。

「授業中《じゅぎょうちゅう》は音《おと》を立《た》てない約束《やくそく》になってるから安心《あんしん》して。それにしても、あなたがそんなこと言《い》うなんて驚《おどろ》きね」

河合《かわい》はけらけらと笑《わら》い出《だ》した。

「もしかして、葵小学校《あおいしょうがっこう》を取《と》り壊《こわ》すの？」

深刻《しんこく》な顔《かお》をして聞《き》くヒロに、先生《せんせい》はますます笑《わら》いながら首《くび》を横《よこ》に振《ふ》った。

「じゃ、なにをしてるんだよ」

マサルが聞《き》くと、

「あれはね、お客《きゃく》さんが来《く》るから、長《なが》いこと使《つか》っていなかった隣《となり》の教室《きょうしつ》を直《なお》してるのよ」

河合《かわい》は答《こた》えた。

「お客《きゃく》さん？　それってだれのこと？」

ユリが聞《き》いた。

「北町《きたまち》にある北部小学校《ほくぶしょうがっこう》で、校庭《こうてい》の陥没事故《かんぼつじこ》があったことは知《し》ってる？」

「知《し》ってます。校庭《こうてい》に大《おお》きな穴《あな》が開《あ》いたって、しきりにテレビでやってたから」

マリがうなずいた。

「そうそう。そこを埋《う》め戻《もど》すのにしばらくかかるから、その間《かん》、北小《きたしょう》の子《こ》たちはほかの学校《がっこう》に避難《ひなん》しなくちゃならなくなって、うちの学校《がっこう》も何《なん》クラスか子《こ》どもたちを引《ひ》き受《う》けることになったの」

「そういうことだったんだ」

学校《がっこう》の取《と》り壊《こわ》しではなかったので、ヒロは少《すこ》し安心《あんしん》したようだ。

「でも、なんで修理《しゅうり》なんかするんだ？　あのままでいいじゃないか」

マサルが言《い》った。

「新《あたら》しいお客《きゃく》さんに、そのまま使《つか》わせるにはあまりにも古《ふる》すぎるので、少《すこ》しでもきれいにすることになったんだって」

「ずっと使《つか》ってなかったもんね」

サキが言《い》った。

「あれ見《み》てみろよ」

ヤスオの声《こえ》で廊下《ろうか》を見《み》ると、真新《まあたら》しい机《つくえ》やイスを抱《かか》えた作業員《さぎょういん》たちが通《とお》り過《す》ぎていった。

「机《つくえ》も新品《しんぴん》なのかよ！」

ヒロが興奮《こうふん》して立《た》ち上《あ》がった。

「それは、そうよ。残《のこ》っているのはほとんどが壊《こわ》れかけで、まともなものはないんだから、仕《し》方《かた》ないでしょ」

「それなら、おれたちのだってそうじゃないか」

マサルも立《た》ち上《あ》がった。

「ついでに、おれたちの教室《きょうしつ》も修理《しゅうり》してもらおうじゃないか」

ヤスオが言《い》った。

「そうだよ。そのことを校長先生《こうちょうせんせい》に話《はな》してよ」

みんなが声《こえ》をそろえた。

「そんなこと校長先生《こうちょうせんせい》に言《い》ったって、お金《かね》がないからだめって言《い》われるに決《き》まってるわ」

河合《かわい》が言《い》った。

「お客《きゃく》にだけ見栄《みえ》を張《は》るなんて、やっぱり校長先生《こうちょうせんせい》は狸《たぬき》だ」

「校長先生《こうちょうせんせい》のことをそんなふうに言《い》っちゃだめ」

河合《かわい》はマサルをたしなめた。

空《あ》き教室《きょうしつ》の工事《こうじ》は、それから三日《みっか》ほどで終《お》わった。

みんなで見物《けんぶつ》に行《い》くと、教室《きょうしつ》は見違《みちが》えるようにきれいになっていた。

「こっちへ、勝手《かって》に引《ひ》っ越《こ》しちまおうぜ」

マサルはだまって見《み》ているマリに言《い》ったが、マリは、そのことにはあまり関心《かんしん》がなかったので、聞《き》き流《なが》していた。

## 2

次《つぎ》の日《ひ》から、北部小学校《ほくぶしょうがっこう》の子《こ》どもたちが葵小《あおいしょう》に登校《とうこう》してきた。

その朝《あさ》、校長先生《こうちょうせんせい》から、

「北部小学校《ほくぶしょうがっこう》の敷地《しきち》に陥没《かんぼつ》が起《お》きて授業《じゅぎょう》ができなくなってしまったので、葵小学校《あおいしょうがっこう》が子《こ》どもたちを受《う》け入《い》れることになりました。みんな仲良《なかよ》くするように」

というあいさつがあった。

北部小学校《ほくぶしょうがっこう》五年《ねん》の担任《たんにん》の先生《せんせい》が十八人《にん》の児童《じどう》を連《つ》れて、マリたちの教室《きょうしつ》にあいさつに来《き》た。

「同《おな》じ五年生《ねんせい》として、これからみなさんには特《とく》にお世話《せわ》になるかと思《おも》いますが、どうぞよろしくお願《ねが》いします」

その先生《せんせい》は、ファッションモデルのようなスタイルだけでなく、目《め》を見張《みは》るほどの美人《びじん》で、自分《じぶん》の名前《なまえ》を篠田奈々美《しのだななみ》だと自己紹介《じこしょうかい》した。

「お世話《せわ》になりますが、よろしくお願《ねが》いします！」

十八人《にん》の児童《じどう》たちが、声《こえ》をそろえてあいさつした。

どの児童《じどう》も、身《み》だしなみからあいさつまできちんとしているのが、マサルとヒロには優等生《ゆうとうせい》っぽく見《み》えて、どこか気《き》に食《く》わなかった。

「あいつたちと仲良《なかよ》くできそうか？」

ヒロがマサルの耳《みみ》にそっとささやくと、

「まだわからないな」

マサルは答《こた》えを決《き》めかねて、頭《かぶり》を振《ふ》った。

さっそく、マサルとヒロは一時間目《じかんめ》の授業《じゅぎょう》が終《お》わったとき、北小《きたしょう》の五年生《ねんせい》たちが入《はい》った、きれいな教室《きょうしつ》をのぞきにいった。

すると、新《あたら》しく来《き》た児童《じどう》の一人《ひとり》が、二人《ふたり》のところにやって来《き》た。彼《かれ》はいかにも勉強《べんきょう》ができそうな顔《かお》をしている。

「ぼくは浅井尊《あさいたける》というんだ。よろしく」

タケルは握手《あくしゅ》でもしようというのか、いきなり手《て》を差《さ》し出《だ》してきた。

慣《な》れないことをされて、とまどっているヒロに対《たい》し、

「おれはマサルだ」

マサルはその手《て》をつかんでがっちり握手《あくしゅ》した。

そのままマサルは腕《うで》に力《ちから》を込《こ》めて、タケルの手《て》をギリギリと締《し》めつけてみた。

しかし、タケルは顔色《かおいろ》も変《か》えず、より強《つよ》い力《ちから》で握《にぎ》り返《かえ》してくる。マサルの方《ほう》が逆《ぎゃく》にびっくりして、力《ちから》をゆるめてしまった。

「ごめん、痛《いた》かった？」

タケルはすっと手《て》をはなしてから言《い》った。

「握手《あくしゅ》は力《ちから》を込《こ》めないと相手《あいて》に失礼《しつれい》だから……」

「痛《いた》くなんかねえよ！」

マサルはこんなことでビビらされた自分《じぶん》の不甲斐《ふがい》なさに声《こえ》を荒《あら》らげた。

「きみたちの学校《がっこう》じゃ、どういう遊《あそ》びが流行《はや》ってるんだ？」

場《ば》の雰囲気《ふんいき》を変《か》えようと、ヒロが話題《わだい》をそらした。

「学校《がっこう》は、勉強《べんきょう》するところだからね。流行《はや》ってる遊《あそ》びは特《とく》にはないかな」

タケルは真顔《まがお》で答《こた》えた。

「どんな真面目《まじめ》クンたちだよ」

ヒロは鼻《はな》で笑《わら》った。

「おれたちは、学校《がっこう》を遊《あそ》び場《ば》だと思《おも》っている」

マサルが言《い》った。

「じゃ、きみたちは勉強《べんきょう》をしないのか？」

「全然《ぜんぜん》。そのかわり遊《あそ》ぶことならなんでも教《おし》えてやるぜ」

今度《こんど》はヒロが答《こた》えた。

「たとえばどんな遊《あそ》び？」

タケルが聞《き》いた。

「そうだなあ。度胸試《どきょうだめ》しに二階《かい》の窓《まど》から銀杏《いちょう》の木《き》に飛《と》び移《うつ》るとか、目隠《めかく》しして廊下《ろうか》の端《はし》から端《はし》までどちらが速《はや》く走《はし》れるかとか……」

「おもしろいな。ぼくたちの学校《がっこう》は、ひまさえあれば勉強《べんきょう》、勉強《べんきょう》ばかりでうるさくて、きみたちが言《い》ったようなことしたら大問題《だいもんだい》になってしまうよ」

タケルは目《め》をまるくした。

「そいつは気《き》の毒《どく》だな。うちの学校《がっこう》の先生《せんせい》はいくら遊《あそ》んでも文句《もんく》を言《い》わないぜ。それどころか、先生《せんせい》にいたずらしたりもする」

「おおらかな先生《せんせい》だな。でも、親《おや》は勉強《べんきょう》しろって言《い》うだろ？」

「親《おや》だって言《い》わないよ。だから、ここは子《こ》どもにとっては天国《てんごく》だ」

自慢《じまん》げにヒロが言《い》った。

「そのかわり、教室《きょうしつ》はぼろぼろだけどな」

マサルが言《い》った。

「ボロくはないと思《おも》うけど。ここはぼくたちの学校《がっこう》の教室《きょうしつ》より快適《かいてき》だよ」

「それは、お客様用《きゃくさまよう》に改造《かいぞう》したからだ」

「そうだったのか……。ぼくらはお客《きゃく》というより居候《いそうろう》だ。みんなに迷惑《めいわく》をかけるつもりなんてないんだけど。なんなら、この教室《きょうしつ》をかわろうか？」

タケルはすまなそうに言《い》った。

「いや、そんなふうにゆずってもらってもおもしろくねえ」

これまでさんざん文句《もんく》を言《い》っていたくせに、マサルは、タケルの申《もう》し出《で》をつっぱねた。

「じゃ、こうしないかな？　正々堂々《せいせいどうどう》と何《なに》かで勝負《しょうぶ》して、勝《か》った方《ほう》が新《あたら》しい教室《きょうしつ》を使《つか》う。それならいいだろ？」

「いいね。それはおもしろい」

タケルの提案《ていあん》に、マサルも今度《こんど》はすぐに乗《の》った。

「なに、なに？」

いつの間《ま》にか集《あつ》まってきていた、葵小《あおいしょう》と北小《きたしょう》のクラスメイトたちも、廊下側《ろうかがわ》の壁《かべ》をはさんで、みんなその話《はなし》に加《くわ》わった。

「せっかくだから、何回《なんかい》か勝負《しょうぶ》しよう」

だれかが言《い》った。

「そうね……。勝《か》った方《ほう》が勝《か》った分《ぶん》だけ新《あたら》しい机《つくえ》と古《ふる》い机《つくえ》を交換《こうかん》するのはどう？」

マリが、すかさず話《はなし》をふくらませた。

「新《あたら》しい机《つくえ》とイスを十八セット全部《ぜんぶ》取《と》った方《ほう》が勝《か》ち。その教室《きょうしつ》は、勝《か》った方《ほう》のクラスが使《つか》うことにすればいいんじゃない？」

さすが双子《ふたご》、申《もう》し合《あ》わせたかのようにユリが締《し》めくくった。

「じゃ、まず。今度《こんど》のテストで勝負《しょうぶ》よ！」

勝手《かって》にマリが宣言《せんげん》した。

「おい、おい。勉強《べんきょう》はまずいぜ」

ヒロが悲鳴《ひめい》を上《あ》げる。

「どうして？」

マリはヒロの方《ほう》を振《ふ》り向《む》くと、何《なに》がいけないの、という顔《かお》をした。

「そりゃあ、なあ、ねえ」

答《こた》えに困《こま》ったヒロは、きょろきょろしながら周《まわ》りに助《たす》けを求《もと》めた。

「別《べつ》にぼくらは、なんだって構《かま》わないけど……」

「勝《か》てそうにないからそんなこと言《い》ったとしたなら、あんたは卑怯者《ひきょうもの》のダメ人間《にんげん》よ！」

気《き》を使《つか》うタケルの言葉《ことば》をさえぎって、マリはヒロに詰《つ》め寄《よ》った。

「わかったよ。やればいいんだろ、やれば」

あまりのマリの剣幕《けんまく》に、ヒロはふてくされながらも観念《かんねん》した。

「まず、今度《こんど》のテストで、点数《てんすう》が上位《じょうい》十八位《い》までの子《こ》が新《あたら》しい机《つくえ》をゲットする。これでいい？」

「ぼくらに異存《いぞん》はない」

北小側《きたしょうがわ》はタケルが代表《だいひょう》で答《こた》えた。

その日《ひ》から、十八組《くみ》の机《つくえ》とイス取《と》りゲームが始《はじ》まった。

## 3

葵小《あおいしょう》と北小《きたしょう》では、授業《じゅぎょう》の進《すす》み具合《ぐあい》がまったく違《ちが》っているので、どちらもが解《と》ける内容《ないよう》のテストにするのは大変《たいへん》だ。

タケルがそのことを篠田《しのだ》に相談《そうだん》すると、葵小《あおいしょう》のクラスを担任《たんにん》している河合《かわい》と話《はな》し合《あ》い、両校《りょうこう》が習《なら》っている範囲内《はんいない》で作《つく》ってくれることになった。

テストはその翌日《よくじつ》に行《おこな》われ、採点《さいてん》が終《お》わると、成績《せいせき》がよかった子《こ》から順《じゅん》に、十八セットある新品《しんぴん》の机《つくえ》とイスが配《くば》られた。十九位以下《いいか》の児童《じどう》は、当然《とうぜん》古《ふる》い机《つくえ》とイスである。

十五対《たい》三、テスト対決《たいけつ》は予想《よそう》どおり、北小《きたしょう》の圧勝《あっしょう》だった。

「彼《かれ》らも、思《おも》ったよりは頑張《がんば》ったんじゃないの？」

担任《たんにん》の篠田《しのだ》が、北小《きたしょう》の教室《きょうしつ》をゆっくりと歩《ある》きまわりながら言《い》った。

「それにしても、うちにボロ机《づくえ》の子《こ》が三人《にん》もいるとはねえ」

それから篠田《しのだ》は、成績《せいせき》が悪《わる》かった子《こ》どもたちの後《うし》ろへ順番《じゅんばん》に立《た》ち、背後《はいご》から耳打《みみう》ちした。みんなは、その光景《こうけい》を見《み》て震《ふる》え上《あ》がった。

「次《つぎ》は絶対《ぜったい》に頑張《がんば》ります……」

ボロ机《づくえ》になってしまった一人《ひとり》の児童《じどう》が、ぼそっと答《こた》えた。

「聞《き》こえな～い」

篠田《しのだ》はこれみよがしに、耳《みみ》に手《て》をあてた。

「次《つぎ》は絶対《ぜったい》に頑張《がんば》ります！」

今度《こんど》はボロ机《づくえ》の三人《にん》が声《こえ》をそろえた。

「頑張《がんば》ったってだめよ。勝負《しょうぶ》は勝《か》たないと」

篠田《しのだ》がそう言《い》うと、すぐに三人《にん》はしゅんとなった。

「いつも遊《あそ》んでるような連中《れんちゅう》に、ぼくらは負《ま》けませんよ」

かわりにタケルが答《こた》えた。

「お願《ねが》いよ。わたし、あんな薄汚《うすよご》れた教室《きょうしつ》で授業《じゅぎょう》するのはイヤですからね」

そう言《い》い残《のこ》すと、篠田《しのだ》は教室《きょうしつ》を出《で》ていった。

残《のこ》された子《こ》どもたちは、一斉《いっせい》に深《ふか》いため息《いき》をついた。

けっして強面《こわもて》ではないが、篠田《しのだ》にはどこか人《ひと》を緊張《きんちょう》させるところがある。

ところが本人《ほんにん》は、どこへ行《い》っても余裕《よゆう》しゃくしゃく、人《ひと》を食《く》ったような態度《たいど》で、緊張《きんちょう》とは無《む》縁《えん》の性格《せいかく》だ。それは、自分《じぶん》に自信《じしん》があるからであろう。

「ごめん。おれたちのせいで、しのしのを怒《おこ》らせちまった」

一息《ひといき》つくと、ボロ机《づくえ》の一人《ひとり》が頭《あたま》を下《さ》げて謝《あやま》った。

「気《き》にするなって、シンゴの成績《せいせき》は、みんなに謝《あやま》らなきゃいけないほど悪《わる》くはないさ。どんなところにでも、勉強《べんきょう》しなくても頭《あたま》のいいやつはいるもんだよ」

タケルは水谷真吾《みずたにしんご》をなぐさめた。

点差《てんさ》がつかなくなることを心配《しんぱい》して、テストはできるだけ難《むずか》しいものを注文《ちゅうもん》した。それでも、タケルをふくめた北小《きたしょう》の半数《はんすう》は満点《まんてん》を取《と》っていた。

タケルの計算《けいさん》では、シンゴもいけると思《おも》っていたが、ある問題《もんだい》で単純《たんじゅん》なミスをして、ぎりぎりの十九位《い》だった。さすがに、葵小《あおいしょう》にも優秀《ゆうしゅう》な者《もの》が何人《なんにん》かはいたようだ。

「たしか次《つぎ》の勝負《しょうぶ》は、こっちが決《き》めていいんだろ?」

「ああ、そういう約束《やくそく》だ」

シンゴが尋《たず》ねると、すぐにタケルはうなずいた。

このイス取《と》りゲームは、勝《か》った方《ほう》が、次《つぎ》になにで戦《たたか》うか、その題目《だいもく》を決《き》められることになっている。

きれいな教室《きょうしつ》は暫定的《ざんていてき》にタケルたちが使《つか》っているが、全部《ぜんぶ》の机《つくえ》を奪《うば》われたら、教室《きょうしつ》そのものを葵小《あおいしょう》の連中《れんちゅう》に明《あ》け渡《わた》すことになる。

「だったらそれ、おれに決《き》めさせてくれ」

「いいけど、競技《きょうぎ》はなんにするんだ？」

タケルはシンゴに聞《き》いた。

「次《つぎ》は将棋《しょうぎ》で勝負《しょうぶ》させてくれ」

自信《じしん》ありげにシンゴは言《い》った。

「シンゴの将棋《しょうぎ》なら勝利《しょうり》はたしかだよ。こいつは、じいちゃんに連《つ》れられて、高架下《こうかした》の将棋《しょうぎ》クラブによく通《かよ》ってたんだけど、そこの大人《おとな》たちを一か月《げつ》もかからず全員《ぜんいん》倒《たお》しちゃったんだから」

ひょろっとして背《せ》の高《たか》い広沢《ひろさわ》浩司《こうじ》が、シンゴの腕前《うでまえ》に太鼓判《たいこばん》をおした。

「なるほど、コージがそう言《い》うなら、今回《こんかい》もいけそうだな」

タケルは、まずテストでごっそり取《と》って、後《あと》は負《ま》けることなく確実《かくじつ》に一つずつ取《と》っていくのが手《て》っ取《と》り早《ばや》いと考《かんが》えていた。

一つでも落《お》として、対決方法《たいけつほうほう》を決《き》める権利《けんり》を向《む》こうへ渡《わた》したら、木登《きのぼ》りとか、逆立《さかだ》ちとか、とんでもない競技《きょうぎ》で挑《いど》んでくるのは間違《まちが》いない。

だから相手《あいて》に主導権《しゅどうけん》を渡《わた》さず、先手必勝《せんてひっしょう》でたたみかける作戦《さくせん》だ。

「任《まか》せとけ。おれの机《つくえ》はすぐに取《と》り返《かえ》してやる」

昼食《ちゅうしょく》が終《お》わり、お昼《ひる》の休憩時間《きゅうけいじかん》が始《はじ》まると、シンゴは仲間《なかま》を引《ひ》き連《つ》れて意気揚々《いきようよう》と葵小《あおいしょう》のクラスへ向《む》かった。

「次《つぎ》の勝負《しょうぶ》はなににするか、こちらは決《き》めたよ」

タケルが呼《よ》びかけると、葵小《あおいしょう》の連中《れんちゅう》はすぐに集《あつ》まってきた。

「なんにするの？」

前回《ぜんかい》のテスト勝負《しょうぶ》でボロ負《ま》けしたにもかかわらず、葵小《あおいしょう》の連中《れんちゅう》はみんなやけに明《あか》るく、勝負《しょうぶ》を楽《たの》しんでいるようだった。

「今回《こんかい》は将棋《しょうぎ》の勝負《しょうぶ》を申《もう》し込《こ》む。だれかおれと勝負《しょうぶ》してくれないかな？」

そう言《い》って、シンゴは一歩前《いっぽまえ》に出《で》た。

「将棋《しょうぎ》だって？」

シンゴの申《もう》し出《で》に、メガネをかけた少年《しょうねん》が真《ま》っ先《さき》に反応《はんのう》した。

「おれが勝《か》ったら、新品《しんぴん》の机《つくえ》はおれのものだよな？」

「もちろん。ヤスオが勝《か》ったらね」

双子《ふたご》の片割《かたわ》れ、マリが言《い》った。

「じゃ、はい。おれがやります」

ヤスオは思《おも》いっ切《き》り手《て》を上《あ》げた。

「いいけど、おまえが負《ま》けたら、こっちの机《つくえ》は二台《だい》になっちまうんだぞ」

小学生《しょうがくせい》とは思《おも》えないほど大《おお》きな体《からだ》のマサルが、心配《しんぱい》そうに言《い》った。

「確認《かくにん》するけど将棋《しょうぎ》のやり方《かた》、おまえ、ちゃんと知《し》ってるんだろうな？」

葵小《あおいしょう》のクラスメイトたちも、眉《まゆ》をひそめている。

「王《おう》を取《と》ればいいんだろ……。だいじょうぶだって、おれって結構《けっこう》、将棋《しょうぎ》やれるからさ」

このヤスオってやつ、かなりのお調子者《ちょうしもの》なんじゃないか。シンゴはそう思《おも》った。

彼《かれ》はボロ机《づくえ》に座《すわ》っている。警戒《けいかい》すべき相手《あいて》ではない。将棋《しょうぎ》は頭脳勝負《ずのうしょうぶ》だ。向《む》こうのボロ机《づくえ》に本来《ほんらい》のシンゴが負《ま》けるはずがない。

タケルは、そんな予想《よそう》を立《た》てると、そっと教室《きょうしつ》を見回《みまわ》した。

新《あたら》しい机《つくえ》を使《つか》っているのは、女子《じょし》が二人《ふたり》に、空《あ》いている席《せき》が一つ。女子《じょし》の片方《かたほう》は、双子《ふたご》のもう一人《ひとり》、たしか名前《なまえ》はユリだったはずだ。

あのあたりが出《で》てきたら注意《ちゅうい》しなければならない。

「これでいいの？」

そうこうしているうちに、タケルのクラスメイトの野中美由《のなかみゆ》が、折《お》りたたみの将棋盤《しょうぎばん》と駒《こま》を持《も》ってやって来《き》た。

「葵小《あおいしょう》の校長先生《こうちょうせんせい》から借《か》りてきたよ」

ミユが言《い》うと、シンゴが早速《さっそく》、駒《こま》を並《なら》べ始《はじ》めた。

「王《おう》はいただき、玉《ぎょく》はそっちね」

ヤスオは王将《おうしょう》を目《め》ざとく見《み》つけ、素早《すばや》く取《と》り上《あ》げた。

「王将《おうしょう》と玉将《ぎょくしょう》って二種類《しゅるい》あるけど、なんか違《ちが》いがあるのか？」

何《なに》も知《し》らなそうなマサルが好奇心《こうきしん》で聞《き》くと、

「特《とく》にないけど、格上《かくうえ》の人《ひと》が王将《おうしょう》を使《つか》うことが多《おお》いかな」

シンゴが簡単《かんたん》に説明《せつめい》した。

相手《あいて》もまんざら将棋《しょうぎ》を知《し》らないわけではなさそうだが、その方《ほう》が、むしろやっつけ甲斐《がい》がある。

そして、決着《けっちゃく》はあっけなく休憩時間内《きゅうけいじかんない》についた。

「……負《ま》けました」

脂汗《あぶらあせ》を流《なが》しながら、シンゴはやっと声《こえ》を絞《しぼ》りだした。

「やったー。新《あたら》しい机《つくえ》ゲットしたぜ！」

ヤスオは腕《うで》を突《つ》き上《あ》げ、その場《ば》で小躍《こおど》りした。

シンゴはあっという間《ま》に攻《せ》め込《こ》まれ、防戦《ぼうせん》一方《いっぽう》の展開《てんかい》になり、いいところなく、ヤスオにやられてしまった。最初《さいしょ》になめてかかったシンゴの完敗《かんぱい》だった。

ヤスオは素人《しろうと》の振《ふ》りをしていただけで、将棋《しょうぎ》クラブの大人《おとな》たちよりはるかに強《つよ》い。

「やられたよ」

タケルは言《い》った。

「遊《あそ》びやゲームなら、うちらも負《ま》けるわけにいかないんでね」

マリがニヤリと微笑《ほほえ》んだ。

マリたちは当然《とうぜん》、ヤスオの将棋《しょうぎ》が強《つよ》いのは知《し》っている。クラス全員《ぜんいん》で一芝居《ひとしばい》打《う》ったようだ。

「そういえば、隣町《となりまち》にかなり強《つよ》い小学生《しょうがくせい》がいるって、聞《き》いたことがあったな……」

「きっと彼《かれ》だな」

タケルは、落《お》ち込《こ》んでいるシンゴの肩《かた》をたたいた。

思《おも》ったより骨《ほね》のある連中《れんちゅう》だと、タケルは考《かんが》えを改《あらた》めた。

「じゃ、次《つぎ》は、給食《きゅうしょく》の早食《はやぐ》い対決《たいけつ》だ！」

次《つぎ》の題目《だいもく》を、マサルたちはすでに決《き》めていた。

「明日《あした》の給食《きゅうしょく》で、食《た》べ終《お》わった順《じゅん》に廊下《ろうか》に出《で》て、早《はや》い人《ひと》から机《つくえ》をもらうのよ」

マリが続《つづ》けて言《い》った。

タケルの予想《よそう》どおり、葵小《あおいしょう》の連中《れんちゅう》は、おバカな勝負《しょうぶ》を挑《いど》んできた。

やれやれ、これは手《て》こずりそうだ。

タケルはそっと、ため息《いき》をついた。

# 4

給食《きゅうしょく》の時間《じかん》はいつも待《ま》ち遠《どお》しいが、*特《とく》に勝負《しょうぶ》のかかった今日《きょう》は……。

「とにかく、食《しょく》パンは握《にぎ》りつぶしておくんだ」

それぞれの机《つくえ》に給食《きゅうしょく》が配《くば》られだすと、マサルの早食《はやぐ》いレクチャーが始《はじ》まった。

「食《しょく》パンはそのままだと手《て》こずるから、なるべく小《ちい》さくして牛乳《ぎゅうにゅう》で押《お》し込《こ》むんだ。これなら食《しょく》パン二枚《まい》、最速《さいそく》二秒《びょう》でいけるぜ」

マサルは握《にぎ》りつぶして、ピンポン玉《だま》くらいになった食《しょく》パンを見《み》せた。すると、ヒロとヤスオがそれにならって、食《しょく》パンをおにぎりのように丸《まる》め始《はじ》めた。

「そんな食《た》べ方《かた》、口《くち》が大《おお》きいマサルくらいしかできないよ。あんたたちが真似《まね》したら喉《のど》につまらせてひっくり返《かえ》るのが関《せき》の山《やま》よ」

**＊食事《しょくじ》はよくかんでゆっくり食《た》べないと危険《きけん》だよ！　みんなはマネしないでね!!**

男子《だんし》たちのバカさ加減《かげん》に、サキがあきれて注意《ちゅうい》した。

「じゃ、ほかになにか方法《ほうほう》はないのか？」

ヒロたちは口《くち》をとがらせた。

「あんたたちの口《くち》に合《あ》わせて、食《しょく》パンを一口《ひとくち》サイズにちぎっておいた方《ほう》が早《はや》いんじゃないの」

古書店《こしょてん》の娘《むすめ》サキは、読書《どくしょ》が大好《だいす》きなだけあって物知《ものし》りである。

「さすがサキ、それは名案《めいあん》だぜ」

サキのアイディアを聞《き》いて、ヒロたちは一度《いちど》にぎったパンを、今度《こんど》は細《こま》かくちぎり始《はじ》めた。

「ああいうこと、やってもいいのか？」

タケルが質問《しつもん》した。

「時間《じかん》まで、食材《しょくざい》を口《くち》にさえしなければどんな準備《じゅんび》をしても構《かま》わないわ。なんなら、牛乳《ぎゅうにゅう》パックにストローをさしておいてもいいわよ」

代表《だいひょう》でマリが答《こた》えた。

お互《たが》いの教室《きょうしつ》に不正《ふせい》がないかを監視《かんし》するため、北小《きたしょう》からはタケルが、葵小《あおいしょう》からはケンタが、一人《ひとり》ずつ入《い》れ替《か》わっている。

「なるほど、わかった」

タケルはポケットから携帯端末《けいたいたんまつ》を取《と》り出《だ》すと、自分《じぶん》のクラスへすばやく情報《じょうほう》を送《おく》った。

「やばい、こっちの作戦《さくせん》が、向《む》こうにバレバレだぞ」

ヒロが大《おお》げさに騒《さわ》いだ。

「いいじゃない。あくまで対等《たいとう》に勝負《しょうぶ》しないとおもしろくないわ」

マリは平然《へいぜん》としている。

やがて給食《きゅうしょく》は、クラス全員《ぜんいん》にいき渡《わた》った。

先生《せんせい》たちは給食《きゅうしょく》が始《はじ》まる前《まえ》に、親《おや》の名前《なまえ》で呼《よ》び出《だ》しておいたので、しばらくは戻《もど》ってこないはずである。

今日《きょう》の献立《こんだて》は、ロールキャベツ、コンソメスープ、食《しょく》パン二枚《まい》、イチゴジャム、牛乳《ぎゅうにゅう》、ヨーグルトである。

「タケルくん、それぞれのお皿《さら》に盛《も》られたおかずの配分《はいぶん》が、おかしくないか確認《かくにん》してくれる?」

マリの指示《しじ》どおりに、タケルは、量《りょう》が少《すく》ない者《もの》がいないかを見《み》て回《まわ》った。

「OK《オーケー》だ。特《とく》におかしな点《てん》は見当《みあ》たらないよ」

タケルがそう言《い》うと、マリは満足気《まんぞくげ》に白《しろ》い歯《は》を見《み》せた。

「いつもなら、給食《きゅうしょく》はよくかんであわてずゆっくり食《た》べるように言《い》われてるんだけどな……」

いよいよとなって、タケルはつい苦笑《にがわら》いした。

昼食《ちゅうしょく》の時間《じかん》を知《し》らせる放送《ほうそう》が鳴《な》り始《はじ》めた。

「いただきます!」

教室《きょうしつ》に響《ひび》く、その掛《か》け声《ごえ》で一斉《いっせい》に、早食《はやぐ》いレースが開始《かいし》された。

みんな黙々《もくもく》と食《た》べ続《つづ》けているので、室内《しつない》は普段《ふだん》と違《ちが》って、やけに静《しず》かだった。

「ごちそうさん！」

始《はじ》まって一分《ぷん》でマサルが立《た》ち上《あ》がった。

「えっ、もう終《お》わったのか？」

タケルが目《め》を丸《まる》くした。

「まだ全然《ぜんぜん》、食《く》いたりねえくらいだ」

実質《じっしつ》一分《ぷん》もかかっていない。

マサルは宣言《せんげん》したとおり、食《しょく》パンを二口《ふたくち》で食《た》べ、ジャムと牛乳《ぎゅうにゅう》で押《お》し込《こ》んだ。そして、コンソメスープをするっと飲《の》み込《こ》み、ロールキャベツは三口《くち》、ヨーグルトは一瞬《いっしゅん》で吸《す》い込《こ》んだ。

マサルのお皿《さら》は、なめたみたいにきれいだ。いつものマサルなら、この後《あと》、余《あま》った給食《きゅうしょく》を何《なん》杯《ばい》もおかわりしてぺろりとたいらげている。

「おれも……、終《お》わった。……ごちそうさま」

続《つづ》けてヒロが、口《くち》をもぐもぐさせながら席《せき》を立《た》った。

それから間《ま》もなく、ヤスオも食《た》べ終《お》わって教室《きょうしつ》を出《で》ていった。

「まずいぞ……。早《はや》すぎる」

タケルは頭《あたま》を抱《かか》えている。

急《いそ》いで食《た》べてはいるが、彼《かれ》の給食《きゅうしょく》はまだ半分《はんぶん》以上《いじょう》残《のこ》っている。

「ごちそうさまー」

ついにはマリも給食《きゅうしょく》を食《た》べ終《お》えた。

「お先《さき》にー」

まだ頑張《がんば》って食《た》べ続《つづ》けているタケルに、一言《ひとこと》かけてマリが廊下《ろうか》へ出《で》ると、北小《きたしょう》のクラス側《がわ》には、まだ食《た》べ終《お》わった者《もの》は出《で》ていないようだった。

一方《いっぽう》こちらは、マサル、ヒロ、ヤスオ、マリの四人《にん》。

「このまま全部《ぜんぶ》、机《つくえ》とイスを取《と》っちまおうぜ」

マサルの鼻息《はないき》は荒《あら》い。

「そうだ、おれにいい考《かんが》えがある」

ヒロはそう言《い》うと、北小《きたしょう》の教室《きょうしつ》の方《ほう》へ歩《ある》いていった。

「何《なに》をするつもりなの？」

マリたちも後《あと》を追《お》いかけた。

「見《み》てろって」

ヒロは廊下側《ろうかがわ》の窓《まど》に張《は》りつき、いきなり自分《じぶん》の顔《かお》を押《お》しつけた。

しばらくすると、北小《きたしょう》の教室《きょうしつ》から笑《わら》い声《ごえ》が巻《ま》き起《お》こった。どうやら、ヒロがガラスに押《お》しつけた変顔《へんがお》がおかしくて、みんな噴《ふ》き出《だ》しているようだ。

「いいね、おれもやるぞ」

マサルもそれにならって、自分《じぶん》の顔《かお》をガラスに押《お》しつけた。

「おれも、おれも」

ヤスオも加《くわ》わり、顔《かお》を縦《たて》に並《なら》べた。変顔《へんがお》のトーテムポールだ。

「あんたたち、やめなさいって」

そう言《い》いながら、マリもお腹《なか》をかかえている。

これでは中《なか》の連中《れんちゅう》も、早食《はやぐ》いどころではない。

「きみたち、やることが卑怯《ひきょう》だぞ！」

のっぽのコージが廊下《ろうか》に飛《と》び出《だ》してきた。

だれかに噴《ふ》き出《だ》されたのか、コージは牛乳《ぎゅうにゅう》でびしゃびしゃだ。

「なにが卑怯《ひきょう》だよ。おれたちは、ただそっちがどんな様子《ようす》なのか、見《み》ているだけだぜ」

ヒロは、平然《へいぜん》と言《い》い返《かえ》した。

「別《べつ》におまえらだって、早《はや》く食《た》べて、同《おな》じことをしたっていいんだぜ」

マサルが顔《かお》を押《お》しつけたまま、コージに追《お》い打《う》ちをかけた。

「……」

コージは唇《くちびる》をかんで、言葉《ことば》を飲《の》み込《こ》んだ。

この手《て》の言《い》い争《あらそ》いで悪《ワル》ガキたちにかなうものはそういない。コージはすごすごと教室《きょうしつ》に戻《もど》っていった。

「いい加減《かげん》、顔《かお》が痛《いた》くなってきたぞ……」

ついにヤスオが音《ね》を上《あ》げ始《はじ》めた。

「だったらやめたら？」

マリが突《つ》っ込《こ》むと同時《どうじ》に、ようやく部屋《へや》の内側《うちがわ》のカーテンがシャーっとひかれた。これでは中《なか》からヒロたちの顔《かお》は見《み》えない。

「やれやれ、そろそろ頃合《ころあ》いかな」

マサルも、やっとガラスから顔《かお》をはなした。

「これで何分《なんぷん》かはかせげただろ」

ヒロは胸《むね》を張《は》った。

「まったく、ほんとに頼《たよ》りになる連中《れんちゅう》だね、あんたたちは」

ほめているのか、けなしているのか、微妙《びみょう》な表情《ひょうじょう》でマリが言《い》った。

北小側《きたしょうがわ》はなんとか最後《さいご》の一人《ひとり》にすべり込《こ》んだものの、早食《はやぐ》いレースは葵小《あおいしょう》の圧勝《あっしょう》だった。

現在《げんざい》、葵小《あおいしょう》は十七セット、一方《いっぽう》の北小《きたしょう》は一セット。

「机《つくえ》はあと一つ。次《つぎ》は日曜《にちよう》の運動会《うんどうかい》で決《き》めるぞ」

こちらには、学校《がっこう》でも一、二を争《あらそ》う足《あし》の速《はや》い双子《ふたご》や、力持《ちからも》ちのマサルなど体力自慢《たいりょくじまん》がそろっているので、まったく負《ま》ける気《き》がしない。

マリの声《こえ》に、みんな腕《うで》を天《てん》につきだした。

# 5

日曜《にちよう》が来《き》た。

天気《てんき》はすこぶるよく、正《まさ》に運動会日和《うんどうかいびより》である。

悪《ワル》ガキたちは、その日《ひ》を待《ま》ちに待《ま》っていた。

マリとユリは、朝《あさ》八時《じ》に家《いえ》を出《で》て学校《がっこう》に向《む》かった。

「いつもは運動会《うんどうかい》にだれも来《こ》ないって文句《もんく》を言《い》うのに、今日《きょう》はどうしたの？」

と、出《で》がけに母親《ははおや》に言《い》われた。

「今日《きょう》は北小《きたしょう》との勝負《しょうぶ》があるからね」

二人《ふたり》は、日曜営業《にちようえいぎょう》のそば屋《や》を閉《し》められず、運動会《うんどうかい》に一度《いちど》も参加《さんか》したことのない家族《かぞく》にいつも不満《ふまん》だったが、今日《きょう》はそれどころじゃなかった。

葵小《あおいしょう》ではダントツの俊足《しゅんそく》であるマリは、この勝負《しょうぶ》が楽《たの》しみだった。どんな相手《あいて》が来《き》たって負《ま》けるつもりはない。

二人《ふたり》が学校《がっこう》に着《つ》くと、マサルとケンタがもう来《き》ていた。

開会式《かいかいしき》は九時《じ》からだが、葵小《あおいしょう》のメンバーは早《はや》くから続々《ぞくぞく》と集《あつ》まってきた。

「北小《きたしょう》の子《こ》たちはまだだれも来《き》てないわね」

ユリが言《い》うと、ケンタが、

「ぼくらと違《ちが》って、彼《かれ》らの家《いえ》は遠《とお》いからね」

と言《い》った。

しかし、北小《きたしょう》の十八人《にん》が次々《つぎつぎ》やって来《き》て、九時《じ》になる少《すこ》し前《まえ》には、全員《ぜんいん》がそろっていた。

「おそかったね」

ケンタが言《い》うと、

「でも、時間《じかん》には遅《おく》れてないだろ?」

と、タケルは時計《とけい》を見《み》ながら言《い》った。

早食《はやぐ》いレースで北小《きたしょう》の教室《きょうしつ》にいたケンタは、彼《かれ》らと少《すこ》し仲良《なかよ》くなったようだ。

時計《とけい》が九時《じ》を回《まわ》ると、マリたちは校庭《こうてい》に並《なら》んで、まず校長先生《こうちょうせんせい》の開会《かいかい》のあいさつを聞《き》いた。

去年《きょねん》までは、各学年《かくがくねん》ひとクラスずつしかなかったので、まったくしまらない運動会《うんどうかい》だったが、今年《ことし》は北小《きたしょう》と葵小《あおいしょう》が、白《しろ》と赤《あか》に別《わか》れて対決《たいけつ》することになった。

「こんなの初《はじ》めてじゃない?」

ユリが言《い》った。

「でも、運動会《うんどうかい》はこうでなくっちゃね」

マリは赤《あか》いハチマキを自分《じぶん》の頭《あたま》にギュッと結《むす》んだ。

九時半《じはん》を過《す》ぎたころには、双方《そうほう》の保護者《ほごしゃ》たちも校庭《こうてい》に集《あつ》まり、子《こ》どもたちの間《あいだ》にもお祭《まつ》り気《き》分《ぶん》が盛《も》り上《あ》がってきた。

最初《さいしょ》の競技《きょうぎ》は、校庭《こうてい》のトラックを一周《いっしゅう》する百メートル競走《きょうそう》だ。

葵小《あおいしょう》と北小《きたしょう》、各《かく》三人《にん》ずつ、六人《にん》が一度《いちど》に走《はし》る。

「どんなルールで勝敗《しょうはい》を決《き》める？」

マリはタケルを見《み》つけて声《こえ》をかけた。

百メートル競走《きょうそう》から始《はじ》まり、玉入《たまい》れと綱引《つなひ》き、続《つづ》いて代表二人《だいひょうふたり》ずつで争《あらそ》う借《か》り物競走《ものきょうそう》、そして運動会《うんどうかい》の最後《さいご》は、代表《だいひょう》の四人《にん》で走《はし》る四百メートルリレーである。ほかには勝負《しょうぶ》に関係《かんけい》ないダンス披露《ひろう》や応援合戦《おうえんがっせん》もある。

運動会《うんどうかい》は五年生《ねんせい》だけが出《で》るわけではないので、勝負《しょうぶ》できるところはそれほどなかった。

まず一番重要《いちばんじゅうよう》なのは、全員《ぜんいん》が参加《さんか》する百メートル競走《きょうそう》だ。

十八人《にん》が三人《にん》ずつに分《わ》かれて競《きそ》うので六レースある。

「百メートル競走《きょうそう》は、レースごとに得点式《とくてんしき》にしよう。一等《とう》は二点《てん》、二等《とう》は一点《てん》、三等以下《とういか》は〇点《てん》。全員走《ぜんいんはし》って、合計得点《ごうけいとくてん》で勝負《しょうぶ》を決《き》めるんだ」

タケルが言《い》うと、

「それでいいよ」

と、マリも賛成《さんせい》した。

第《だい》一レースは、葵小《あおいしょう》からヒロ、ケンタ、マリが、北小《きたしょう》からは、タケル、コージ、シンゴが出場《しゅつじょう》することになった。

マリは、徒競走《ときょうそう》なら負《ま》け知《し》らずだ。北小《きたしょう》の三人《にん》を見《み》て、これなら勝《か》てると思《おも》った。

走《はし》る順番《じゅんばん》が来《き》て、マリたちは横《よこ》一列《れつ》に並《なら》んだ。

「お手柔《てやわ》らかに」

意外《いがい》にも、タケルは余裕《よゆう》たっぷりの顔《かお》をしている。

スタートの合図《あいず》をするのは、北小《きたしょう》の篠田《しのだ》だ。

派手《はで》なトレーニングウェアに身《み》を包《つつ》んだ美人《びじん》スターターの篠田《しのだ》は、保護者《ほごしゃ》のお父《とう》さんたちから大好評《だいこうひょう》で、女《おんな》ガンマン風《ふう》にピストルを構《かま》えたりして愛嬌《あいきょう》をふりまいている。

「位置《いち》について。用意《ようい》……」

バーン！

ピストルの音《おと》が校庭《こうてい》に響《ひび》くと、みんな、一斉《いっせい》に走《はし》り出《だ》した。

軽《かろ》やかにトラックを駆《か》け抜《ぬ》けるマリは横《よこ》を見《み》たが、並《なら》んでいる者《もの》はいない。

そのまま一気《いっき》に一番《ばん》で走《はし》り、ゴールテープを切《き》った。

ぶっちぎりだ。

マリは楽々《らくらく》二点《てん》を勝《か》ち取《と》った。

しかし、二番《ばん》はタケルだったので、一点《てん》はあちらに持《も》っていかれてしまった。

続《つづ》くレースも、確実《かくじつ》に二位《い》に入《はい》ってコツコツ点数《てんすう》をかせいでくる北小《きたしょう》チームに対《たい》し、葵小《あおいしょう》チームはムラっ気《け》が大《おお》きく、四レースで一位《い》を取《と》ったにもかかわらず、ワンツーフィニッシュすることができず得点《とくてん》がかせげない。二位《い》にも入《はい》れないレースが二回《かい》あり、その結果《けっか》、合計点《ごうけいてん》では葵小《あおいしょう》が八点《てん》、北小《きたしょう》が十点《てん》で、百メートル競走《きょうそう》が終《お》わった時点《じてん》で、イスの数《かず》が逆転《ぎゃくてん》されてしまった。

「あの得点方法《とくてんほうほう》のマジックにやられたんだ」

ケンタが言《い》った。

「それ、どういうことよ?」

マリが聞《き》いた。

「彼《かれ》らは一位《い》が取《と》れなくても、総合点《そうごうてん》で勝《か》つ方法《ほうほう》を選《えら》んだってことね」

かわりにユリが答《こた》えた。

「なるほど、敵《てき》もさるもの、彼《かれ》らの作戦勝《さくせんが》ちってところね」

マリは悔《くや》しくもあり、嬉《うれ》しくもあった。

次《つぎ》の競技《きょうぎ》は玉入《たまい》れだ。

玉入《たまい》れは、各《かく》チームが紅白《こうはく》に分《わ》かれ、赤《あか》い玉《たま》と白《しろ》い玉《たま》を高《たか》い棒《ぼう》の先《さき》にある、カゴの中《なか》に入《い》れ合《あ》う単純《たんじゅん》なゲームである。

百メートル競走《きょうそう》の負《ま》けを取《と》り返《かえ》そうと、ヒロがマサルの肩《かた》に猿《さる》のようによじ登《のぼ》って、カゴの中《なか》に赤《あか》い玉《たま》をどんどん放《ほう》り込《こ》む。

マリたちも地面《じめん》に落《お》ちている玉《たま》をかき集《あつ》め、自分《じぶん》たちで投《な》げることなくマサルの上《うえ》にいるヒロへ次々《つぎつぎ》渡《わた》していく。

あわてたタケルも、背《せ》の高《たか》いコージを中心《ちゅうしん》に、三人《にん》で人間《にんげん》やぐらを組《く》み、その上《うえ》に身軽《みがる》な女子《じょし》を登《のぼ》らせて巻《ま》き返《かえ》した。

やがて双方《そうほう》のカゴは一杯《いっぱい》になり、落《お》ちている玉《たま》も見当《みあ》たらなくなった。

ピーッ！

時間終了《じかんしゅうりょう》の笛《ふえ》が鳴《な》った。

「どうなったんだ？」

観客《かんきゃく》たちも息《いき》をのんだ。

「ひとーつ……。ふたーつ」

お互《たが》いのカゴから玉《たま》を取《と》り出《だ》し、空《そら》へと投《な》げる。

「さんじゅいーち……。さんじゅにー……ん？」

葵小《あおいしょう》のカゴにもう玉《たま》はない。

玉《たま》を投《な》げていたヒロが、北小側《きたしょうがわ》の玉《たま》を投《な》げているタケルの顔《かお》を見《み》た。

「さんじゅさーん！」

タケルが最後《さいご》の玉《たま》を空《そら》に思《おも》いっ切《き》り投《な》げると、観客《かんきゃく》から歓声《かんせい》があがった。

「待《ま》て、待《ま》て、おかしいじゃないか。両方《りょうほう》とも全部《ぜんぶ》カゴへ入《い》れたのに、こっちは一個足《こた》りないってどういうことだよ？」

ヒロは納得《なっとく》がいかない。

「いいえ、ちゃんと同《おな》じ数《かず》だけ玉《たま》はあったわよ。始《はじ》まる前《まえ》にわたしが確認《かくにん》したから」

玉《たま》入《い》れの準備《じゅんび》をしていた河合《かわい》が保証《ほしょう》した。

「じゃ、どこかに落《お》ちてない？」

マリは辺《あた》りを見回《みまわ》した。

「どこにもないよ。もしかして、そっちが隠《かく》してるんじゃないか？」

ヤスオは、タケルたちに疑《うたが》いの目《め》を向《む》けた。

「冗談《じょうだん》じゃない。だれも隠《かく》してなんかないよな？」

タケルが見回《みまわ》すと、みんな一様《いちよう》にうなずいた。

なんともいえないおかしな空気《くうき》がながれる。

「あっ、あった！」

ふいにヒロが大《おお》きな声《こえ》を出《だ》した。

「持《も》ちきれなかったんで、一個《こ》ポケットに入《い》れたんだった」

「ふざけんなよ。おまえが犯人《はんにん》かよ！」

葵小《あおいしょう》チームはみんな頭《あたま》をかかえた。

「疑《うたが》ったりしてごめん」

ヤスオはタケルたちに頭《あたま》を下《さ》げた。

すると観客《かんきゃく》たちから拍手《はくしゅ》が巻《ま》き起《お》こった。

「ほんと、ヤスオってそそっかしいよな」

そう言《い》うヒロに、

「おまえが言《い》うな！」

と、一斉《いっせい》に突《つ》っ込《こ》んだ。

続《つづ》く綱《つな》引《ひ》きは、マサルの活躍《かつやく》で勝利《しょうり》を勝《か》ちとったが、イスの数《かず》は八対《たい》十のままだ。

そして、運動会《うんどうかい》の最後《さいご》を締《し》めくくる競技《きょうぎ》になった。四百メートルリレーだ。百メートルずつバトンを手《て》渡《わた》していき四人《にん》が走《はし》る。

葵小側《あおいしょうがわ》は、最初《さいしょ》の百メートル競走《きょうそう》で一位《い》を取《と》った者《もの》を四人《にん》そろえた。

これなら、どう考《かんが》えても負《ま》けるはずがない。

リレーが始《はじ》まると、予想《よそう》どおり第《だい》一走者《そうしゃ》のマリが相手《あいて》を引《ひ》き離《はな》した。ところが北小《きたしょう》は、バトンの受《う》け渡《わた》しがスムーズで、葵小《あおいしょう》よりあきらかに早《はや》い。

向《む》こうの選手《せんしゅ》たちが、バトンの受《う》け渡《わた》し練習《れんしゅう》を徹底《てってい》してきたのは間違《まちが》いない。葵小《あおいしょう》が引《ひ》き離《はな》しても、バトンの受《う》け渡《わた》しですぐ北小《きたしょう》に追《お》いつかれる。そして、ついに最後《さいご》の受《う》け渡《わた》しで追《お》い抜《ぬ》かれ、そのまま北小《きたしょう》に逆転《ぎゃくてん》されてしまった。

「ああ、もおー。もっとバトンの練習《れんしゅう》をしとくんだった」

マリは地団駄《じだんだ》を踏《ふ》んだが、後《あと》の祭《まつ》りである。タケルはそれを見《み》て、ニヤッと笑《わら》った。

ほかの学年《がくねん》もあわせた総合得点《そうごうとくてん》としては、赤組《あかぐみ》の葵小学校側《あおいしょうがっこうがわ》がずっと優勢《ゆうせい》だったが、最後《さいご》の最後《さいご》で、校長《こうちょう》が北小《きたしょう》に配慮《はいりょ》したインチキ采配《さいはい》をしたため二校《こう》が同点《どうてん》になり、結局《けっきょく》、引《ひ》き分《わ》けで、みんなに記念品《きねんひん》のボールペンが配《くば》られた。

一方《いっぽう》、マリたちの勝負《しょうぶ》は、葵小《あおいしょう》が七点《てん》、北小《きたしょう》が十一点《てん》で、葵小《あおいしょう》の負《ま》けが決《き》まった。

早食《はやぐ》い勝負《しょうぶ》で、あと一脚《きゃく》まで迫《せま》りながら、勝《か》てると思《おも》っていた運動会《うんどうかい》で十脚《きゃく》も取《と》り返《かえ》されてしまった。これでは今回《こんかい》は、新《あたら》しい教室《きょうしつ》に替《か》わるのをあきらめるしかない。

とはいえ、この運動会《うんどうかい》はマリにとって、なにかと予想外《よそうがい》の展開《てんかい》ばかりだった。

相手《あいて》は、たとえ不得意《ふとくい》な分野《ぶんや》でも、頭《あたま》を使《つか》って弱点《じゃくてん》を補《おぎな》ってきたのだ。

「ああ～、今日《きょう》は楽《たの》しかったね」

ユリがそう言《い》って、マリにくっついてきた。

「わたしも」

マリも、心底《しんそこ》そう思《おも》っていた。

負《ま》けたとはいえ、今《いま》までで一番《いちばん》おもしろい運動会《うんどうかい》だった。彼《かれ》らのおかけで、はらはらしたり、ドキドキしたりしたからだ。

「次《つぎ》はなににする？」

マリはタケルの背中《せなか》を見《み》つけると追《お》いかけて声《こえ》をかけた。なんでもいい、彼《かれ》が今《いま》どんな顔《かお》をしているか見《み》てみたかったのだ。

「もう次《つぎ》の話《はなし》？」

タケルが振《ふ》り向《む》いた。

夕日《ゆうひ》に照《て》らされたその顔《かお》も楽《たの》しそうだった。

# 6

運動会《うんどうかい》で久《ひさ》しぶりに体《からだ》を思《おも》いっ切《き》り動《うご》かしたので、タケルはかなりへとへとだった。

タケルはみんなから少《すこ》し離《はな》れると、木陰《こかげ》のベンチに腰《こし》かけて目《め》を閉《と》じた。

相手《あいて》は強敵《きょうてき》だったが、作戦《さくせん》が上手《うま》くはまり、なんとか勝《か》ち越《こ》すことができた。

毎日《まいにち》帰《かえ》りがけに、バトンの練習《れんしゅう》をした成果《せいか》が出《で》たのも嬉《うれ》しかった。

それにしても、四百メートルリレーで負《ま》けたマリの悔《くや》しがる顔《かお》は傑作《けっさく》だった。ついつい思《おも》い出《だ》し笑《わら》いをしてしまう。

「なにがそんなにおかしいの？」

ふいに話《はな》しかけられたタケルは、あわてて目《め》を開《あ》けた。すると、タケルが初《はじ》めて見《み》る少年《しょうねん》が、すぐ横《よこ》に座《すわ》っていた。しかもその少年《しょうねん》は不気味《ぶきみ》なことに、自分《じぶん》の方《ほう》ではなく、正面《しょうめん》を向《む》いたままだった。

「うわっ！」

タケルはびっくりして、ベンチから飛《と》びのいた。

「なにがそんなにおかしいの？」

その少年《しょうねん》はもう一度《いちど》きいた。そこで初《はじ》めて目《め》があった。

「おかしいんじゃない。楽《たの》しかったんだよ」

少《すこ》し落《お》ち着《つ》きを取《と》り戻《もど》したタケルは、その少年《しょうねん》に答《こた》えた。

「じゃ、なにが楽《たの》しかったの？」

「そうだなあ……」

ついついタケルは今日《きょう》あったいろいろなことを話《はな》してしまった。

それは、だれかに少《すこ》し自慢《じまん》したかったからかもしれない。

「この学校《がっこう》はどうかな？」

その少年《しょうねん》は、いきなり話題《わだい》を変《か》えた。

「えっ、ああ。葵小《あおいしょう》は好《す》きだよ。先生《せんせい》ものんびりしていて……」

それはタケルの正直《しょうじき》な感想《かんそう》だった。

「ただ、このままここにいると、だらけた人間《にんげん》になりそうで心配《しんぱい》になるかな」

北部小学校《ほくぶしょうがっこう》はもっと規律《きりつ》がきびしいので、自分《じぶん》ももっとしっかりしていた気《き》がする。

「おかしな心配《しんぱい》だね」

その少年《しょうねん》はそう言《い》って、初《はじ》めて笑顔《えがお》を見《み》せた。

「もしかして葵小《あおいしょう》の六年生《ねんせい》ですか？」

ざっくばらんにいろいろ話《はな》してしまったが、タケルは彼《かれ》のことをまったく知《し》らない。

「いや、五年《ねん》だよ」

少年《しょうねん》の答《こた》えに、タケルは考《かんが》えをめぐらせた。

葵小学校《あおいしょうがっこう》は五年生《ねんせい》もひとクラスしかないはずだ。しかしマリたちのクラスで、この少年《しょうねん》を見《み》た記憶《きおく》がタケルにはない。

「名前《なまえ》を聞《き》いてもいい？」

「関屋喬《せきやたかし》だよ」

その名前《なまえ》も知《し》らなかった。運動会《うんどうかい》にも出《で》ていなかったようだし、普段《ふだん》はなにかの病気《びょうき》で休《やす》んでいるのかもしれない。これ以上《いじょう》は詮索《せんさく》しないほうがよさそうだ。

「その手《て》に持《も》っているものはなに？」

喬《たかし》が聞《き》いた。

「ただのボールペンだよ」

タケルは細《ほそ》い紙袋《かみぶくろ》から、記念品《きねんひん》のボールペンを引《ひ》っ張《ぱ》り出《だ》した。

「きみ、もらってないの？」

「うん」

「じゃ、いる？」

「いいの？」

喬《たかし》もこの学校《がっこう》の児童《じどう》なら、このボールペンをもらう権利《けんり》があるはずだ。

「いいよ、どうぞ」

タケルが差《さ》し出《だ》すと、すぐに喬《たかし》はボールペンを受《う》け取《と》った。

「ありがとう。大切《たいせつ》にするよ」

「それほどのものじゃ……」

タケルが全部《ぜんぶ》言《い》い終《お》わらないうち、喬《たかし》は自分《じぶん》の言葉《ことば》とは裏腹《うらはら》に、そのボールペンを地面《じめん》にポイっと投《な》げ捨《す》てた。

すると、ちょうど地面《じめん》に開《あ》いていた小《ちい》さな穴《あな》にすっぽり入《はい》って、落《お》ちていってしまった。

「そんなところに捨《す》てちゃだめだよ」

タケルは立《た》ち上《あ》がってその穴《あな》をのぞき込《こ》んだが、ボールペンはまったく見《み》えない。

「思《おも》ったより深《ふか》そうだ」

タケルはためしにその穴《あな》へ腕《うで》を突《つ》っ込《こ》んでみたが、届《とど》きそうもない。

「いたっ」

タケルの手《て》にとがったなにかが当《あ》たり、あわてて腕《うで》を引《ひ》っ込《こ》めた。

「なんだ？」

見《み》てみると、手《て》の甲《こう》になにか、おかしなマークのようなものが描《か》かれていた。

「あのボールペンが当《あ》たってついたとか……」

しかしそれは偶然《ぐうぜん》、当《あ》たってついただけとは思《おも》えない、小《ちい》さな手形《てがた》でつけた三角形《さんかくけい》を組《く》み合《あ》わせた文字《もじ》のような意味《いみ》ありげなマークである。

「これって、なんだと思《おも》う？」

タケルは喬《たかし》に聞《き》いてみた。

「あれ？」

さっきまでいた喬《たかし》の姿《すがた》はどこにもなかった。

# 第2章 名女優と迷女優たち

# 1

今年《ことし》の学習発表会《がくしゅうはっぴょうかい》は、北小《きたしょう》の歓迎会《かんげいかい》もかねて行《おこな》われることになった。

発表会《はっぴょうかい》の出《だ》し物《もの》は例年《れいねん》、一年生《ねんせい》と四年生《ねんせい》は合唱《がっしょう》、二年生《ねんせい》と五年生《ねんせい》は演劇《えんげき》、三年生《ねんせい》と六年生《ねんせい》は楽器《がっき》の演奏《えんそう》と決《き》まっているため、葵小《あおいしょう》の子《こ》どもたちは、その日《ひ》に向《む》けて練習《れんしゅう》を重《かさ》ねていた。

ただし、今回《こんかい》は北小《きたしょう》も同《おな》じように発表《はっぴょう》することになったので、当然《とうぜん》ながらマリたちは、その良《よ》し悪《あ》しでも勝負《しょうぶ》することになった。

「向《む》こうの出《だ》し物《もの》は『白雪姫《しらゆきひめ》』だそうよ」

朝《あさ》の教室《きょうしつ》で、ユリがクラスメイトみんなに告《つ》げた。

「なんだ、意外《いがい》と普通《ふつう》じゃん」

ヒロは拍子抜《ひょうしぬ》けしたように肩《かた》をすくめた。

「それが、主役《しゅやく》の白雪姫《しらゆきひめ》を演《えん》じる野中美由《のなかみゆ》って子《こ》は、五歳《さい》で子役《こやく》デビューして、そこそこ名前《なまえ》が通《とお》っている強者《つわもの》らしいのよ」

ユリの話《はなし》は、まだ終《お》わっていなかったようだ。

「それって、プロってことじゃないか」

ユリがうなずくと、ようやくヒロも理解《りかい》した。

「やっぱり、どの戦《たたか》いも一筋縄《ひとすじなわ》ではいかないみたいね」

マリは腕《うで》を組《く》みながらつぶやいた。

両校《りょうこう》の戦《たたか》いは、一進一退《いっしんいったい》の攻防《こうぼう》を繰《く》り返《かえ》している。

「まずいな。こっちはまだ、脚本《きゃくほん》すらできてないんだぞ。ケンタ、どうなってるんだ?」

マサルの一声《ひとこえ》で、クラスのみんなが一斉《いっせい》にケンタの方《ほう》を向《む》いた。

この劇《げき》の脚本《きゃくほん》は立候補《りっこうほ》したケンタが書《か》くことになっていたが、発表会《はっぴょうかい》まで一週間《しゅうかん》をきっても まだできていなかった。

「だいじょうぶ、ちゃんとできたから」

ケンタは自分《じぶん》のノートをすっと取《と》り出《だ》し、机《つくえ》の上《うえ》に広《ひろ》げた。

「ぼくらの出《だ》し物《もの》は、時代劇《じだいげき》の『水戸黄門《みとこうもん》』だよ」

「それって、どこかの偉《えら》いお年寄《としよ》りが、手下《てした》を使《つか》って悪人《あくにん》をやっつけるやつだろ?」

ヤスオが確認《かくにん》すると、ケンタはうなずいた。

「なんだか、ダサくないか?」

マサルは、かなり不満顔《ふまんがお》だ。

「そう決《き》めつけるのは、まだ早《はや》いんじゃない?」

マリがすかさずフォローした。

「水戸黄門《みとこうもん》の別名《べつめい》は徳川光圀《とくがわみつくに》、江戸時代《えどじだい》の人《ひと》で実在《じつざい》の人物《じんぶつ》なんだけど……」

「実在《じつざい》の人物《じんぶつ》なのかよ！」

ケンタが話《はな》している途中《とちゅう》で、マサルが口《くち》をはさんだ。

「うん。でも、お供《とも》を連《つ》れて世直《よなお》し旅《たび》をしたってのはただのフィクションさ」

「そうだったのか……」

マサル以外《いがい》にも、今知《いまし》った者《もの》が何人《なんにん》かいるようだ。

「主《おも》な登場人物《とうじょうじんぶつ》から説明《せつめい》すると、まず主役《しゅやく》の黄門様《こうもんさま》。ひげを生《は》やしたおじいさんで、本当《ほんとう》はすごく偉《えら》い人《ひと》なんだけど、身分《みぶん》を隠《かく》して旅《たび》をしているんだ」

「なんで？」

ヒロが聞《き》いた。

「たとえば、この教室《きょうしつ》にいきなり総理大臣《そうりだいじん》がやってきたら、みんな大騒《おおさわ》ぎになっちゃうだろ。それと同《おな》じさ」

「なるほどな」

ケンタの説明《せつめい》に、ヒロはうなずいた。

「そして、旅《たび》のお供《とも》をしている若侍《わかざむらい》の、助《すけ》さんと格《かく》さん。黄門様《こうもんさま》はご老人《ろうじん》なので、悪人《あくにん》との立《た》ち回《まわ》りはこの人《ひと》たちがするんだ」

「おれ、その助《すけ》さんやる」

マサルは真《ま》っ先《さき》に手《て》を上《あ》げた。

「きみは、助《すけ》さんより格《かく》さんの方《ほう》が適役《てきやく》かな。ぼくのイメージだと、格《かく》さんは助《すけ》さんより体《からだ》が大《おお》きくて力持《ちからも》ちなんだ。さんざん悪人《あくにん》をこらしめて、最後《さいご》に『この御方《おかた》をどなたと心得《こころえ》る』って印籠《いんろう》を見《み》せるのも格《かく》さんの役目《やくめ》だよ」

「それ、いいね」

マサルは気《き》に入《い》ったようだ。

「実《じつ》は、配役《はいやく》も決《き》めてあるんだ」

そう言《い》って、ケンタはノートのページをめくった。

「とりあえず、ぼくは監督《かんとく》で、助《すけ》さん役《やく》は委員長《いいんちょう》の智《とも》、女忍者役《おんなにんじゃやく》はサキ。悪徳商人役《あくとくしょうにんやく》はヤスオ。悪代官《あくだいかん》は勝久《かつひさ》。その手下《てした》は、武彦《たけひこ》、智哉《ともや》、明夫《あきお》、譲二《じょうじ》、義男《よしお》……」

不満《ふまん》を口《くち》にする者《もの》が続出《ぞくしゅつ》しているが、監督《かんとく》のケンタは聞《き》く耳《みみ》を持《も》たず、淡々《たんたん》と読《よ》み上《あ》げていく。

「そして主役《しゅやく》の黄門様《こうもんさま》は、きみにやってもらう」

ケンタは、マリを指差《ゆびさ》した。

「やった。実《じつ》は、やるなら主役《しゅやく》だって思《おも》っていたんだよね」

マリは喜《よろこ》んで、思《おも》わず立《た》ち上《あ》がった。

「ええええーっ、マリって女《おんな》だろ。じゃあ、おれの役《やく》はなんだよ？」

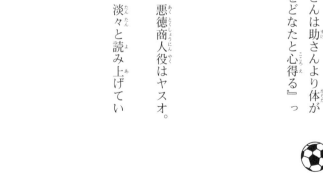

ヒロは、今《いま》まで名前《なまえ》が呼《よ》ばれていない自分《じぶん》が黄門役《こうもんやく》だと思《おも》っていたらしい。

「わたしも決《き》まってないんだけど……」

ユリが手《て》を上《あ》げた。

「ぼくもまだ、呼《よ》ばれてない」

忘《わす》れられては困《こま》ると、二郎《じろう》もアピールした。

「きみたちは偽黄門《にせこうもん》とその御一行《ごいっこう》さ。偽黄門役《にせこうもんやく》はユリ、偽助《にせすけ》さん役《やく》はヒロ、偽格《にせかく》さん役《やく》は二郎《じろう》にやってもらう」

「その偽《にせ》ってどういうこと？」

ユリは眉《まゆ》をひそめた。

「顔《かお》がそっくりなのをいいことに、黄門様《こうもんさま》の振《ふ》りをして、各地《かくち》で接待《せったい》を受《う》けまくっている小悪党《こあくとう》たちさ。結局《けっきょく》、そのせいで事件《じけん》に巻《ま》き込《こ》まれて、ひどい目《め》にあうことになる」

「そんな冴《さ》えない役《やく》ってあるのかよ」

ヒロは不満《ふまん》で口《くち》をとがらせた。

「どの役《やく》だって大切《たいせつ》なんだから、つべこべ言《い》うなって」

本物役《ほんものやく》を与《あた》えられているマサルが、上《うえ》から目線《めせん》で言《い》った。

「だったら、おまえたちが偽黄門《にせこうもん》の御一行《ごいっこう》をやれよ」

ヒロは言《い》い返《かえ》した。

「おれもそうしてやりたいのは山々《やまやま》なんだが、ケンタ監督《かんとく》が直々《じきじき》に決《き》めたことだから、こっちで勝手《かって》にどうこうできることじゃない。なあそうだろ、監督《かんとく》？」

「いや、ぼくは別《べつ》にどっちだって構《かま》わないよ」

「おい、おい……」

マサルは言葉《ことば》を失《うしな》った。

ケンタは意外《いがい》にも、こだわりが薄《うす》かったのだ。

「監督《かんとく》のお許《ゆる》しも出《で》たことだし、おれたちが晴《は》れて本物役《ほんものやく》だぜ」

ヒロは喜《よろこ》んで、二郎《じろう》とユリとハイタッチをした。

「ちょっと待《ま》ちなさいよ！」

そこへ助《すけ》さん役《やく》の智《とも》を引《ひ》っ張《ば》るようにして現《あらわ》れたのは、マリだった。

「わたしたちは、あんたたちのかわりに偽者役《にせものやく》をするなんて言《い》ってないからね」

マリが、智《とも》の背中《せなか》を突《つ》っつきながら言《い》った。

「ああ、うん。そうだ」

智《とも》は助《すけ》さん役《やく》に特別《とくべつ》なこだわりはなかったが、マリの勢《いきお》いに押《お》されて、そう言《い》わざるをえない。

一度《いちど》、配役《はいやく》への不満《ふまん》が爆発《ばくはつ》すると、クラスは収集《しゅうしゅう》がつかなくなった。

「わかった。もう、じゃんけんで決《き》めよう。それでうらみっこなしだ！」

そうケンタが叫《さけ》ぶと、やっと教室《きょうしつ》は静《しず》かになった。

その結果《けっか》、黄門役《こうもんやく》はユリ、助《すけ》さん役《やく》はサキ、格《かく》さん役《やく》は二郎《じろう》、悪代官《あくだいかん》が智《とも》、悪徳商人《あくとくしょうにん》はそのまま、ヤスオとなった。

そして、偽黄門《にせこうもん》はマリ、偽助《にせすけ》さんはヒロ、偽格《にせかく》さんはマサルに決《き》まった。

「どうなってんだよ～」

「まったく、ふざけんなって」

マサルとヒロは頭《あたま》を抱《かか》えた。

「あんたたちが、余計《よけい》なことを言《い》い出《だ》すからよ！」

とばっちりで主役《しゅやく》を降《お》ろされたマリが、一番《いちばん》おかんむりだった。

## 2

「今回《こんかい》の演劇《えんげき》勝負《しょうぶ》の勝敗《しょうはい》はどうやって決《き》める？」

タケルはその日《ひ》の授業《じゅぎょう》が終《お》わると、マリたちの教室《きょうしつ》に顔《かお》を出《だ》した。

「何人《なんにん》かの審査員《しんさいん》による点数制《てんすうせい》がいいと思《おも》う」

マリが言《い》った。

「それはいいけど、ひいき目《め》なしでちゃんと見《み》てくれる人《ひと》にやってもらわないとね。だれかあてはあるのかい？」

タケルは念《ねん》を押《お》した。

この点《てん》はかなり肝心《かんじん》である。

「わたしたちは、ドラゴン座《ざ》の人《ひと》たちが適任《てきにん》だと思《おも》ってるの」

「ドラゴン座《ざ》？」

タケルにはなんのことかわからない。

「葵町《あおいちょう》の、ある一軒家《いっけんや》にみんなで住《す》んでいる劇団《げきだん》の人《ひと》たちよ」

「ドラゴン座《ざ》って劇団《げきだん》の名前《なまえ》なのか」

「そう」

マリはうなずいた。

「学校《がっこう》の帰《かえ》りに頼《たの》みに寄《よ》ってみるつもりだけど、タケルくんも一緒《いっしょ》に来《く》る？」

「そうだな……、そうさせてもらおうかな」

タケルは教室《きょうしつ》の時計《とけい》を見《み》て、まだ少《すこ》し時間《じかん》に余裕《よゆう》があることを確認《かくにん》してからそう答《こた》えた。

今《いま》までの戦《たたか》い方《かた》を見《み》ていれば、彼《かれ》らがズルをしてくるとは思《おも》えなかったが、一方的《いっぽうてき》に相手《あいて》のことを信頼《しんらい》して、大切《たいせつ》なことまですべて任《まか》せるのも勝負《しょうぶ》する姿勢《しせい》としてはよろしくない。

「で、どうだった？」

タケルが自分《じぶん》の教室《きょうしつ》へ戻《もど》ると、コージやミユたちがすぐに集《あつ》まってきた。

「審査員《しんさいん》を決《き》めて、点数《てんすう》をつけてもらうことになったよ」

タケルは、さっきマリと決《き》めたことをみんなに説明《せつめい》した。

「審査員《しんさいん》か。こっちはアウェイなんだから、圧倒的《あっとうてき》に不利《ふり》なんじゃない？」

北小側《きたしょうがわ》の主役《しゅやく》を張《は》るミユは、心配《しんぱい》そうだ。

「どうかな。葵小《あおいしょう》は、近所《きんじょ》に住《す》んでいる劇団員《げきだんいん》にこれから審査員《しんさいん》を頼《たの》みに行《い》くらしい。どんな人《ひと》たちか見《み》に行《い》こうと思《おも》うんだけど、きみたちも来《く》るかい？」

「はい。わたし興味《きょうみ》ある」

ミユが真《ま》っ先《さき》に手《て》を上《あ》げた。

「じゃ、ぼくも」

コージも行《い》くことになり、三人《にん》はすぐに帰《かえ》り支度《じたく》を済《す》ませて、教室《きょうしつ》を出《で》た。

「来《き》た、来《き》た」

下駄箱《げたばこ》のところには、すでにマリたちが集《あつ》まっていた。

「そっちは三人《にん》？」

「ああ、そうだ」

タケルがうなずいた。

「じゃ、行《い》こうか」

マリたちは校庭《こうてい》に出《で》ると、そのまま裏門《うらもん》へ回《まわ》った。

タケルが葵小《あおいしょう》へ通《かよ》い始《はじ》めてからしばらくたつが、今《いま》までこちらの裏門《うらもん》を使《つか》ったことはなかった。

「ちょっと寄《よ》ってこうぜ」

マサルはそう言《い》うと、学校《がっこう》の正面《しょうめん》に建《た》っているお店《みせ》へ足《あし》を向《む》けた。

学校《がっこう》の近《ちか》くによくある文房具屋《ぶんぼうぐや》だろうか。

「寄《よ》り道《みち》はちょっと……」

「いいって、いいって」

躊躇《ちゅうちょ》しているコージの背中《せなか》をヒロが押《お》した。

「なんだ、ここは！」

コージは思《おも》わず声《こえ》が出《で》た。ただの文房具屋《ぶんぼうぐや》かと思《おも》っていたが、そうではない。店内《てんない》は、あらゆるものが雑然《ざつぜん》と並《なら》んだ倉庫《そうこ》のようだ。

「忘《わす》れもの屋《や》さ。文房具《ぶんぼうぐ》と、引《ひ》き取《と》り手《で》のなかった忘《わす》れものを売《う》ってるお店《みせ》なんだ」

ヒロが簡単《かんたん》に説明《せつめい》した。

「ミーおばさ〜ん。新《あたら》しいお客《きゃく》さんを連《つ》れてきたよ〜」

マリが店《みせ》の奥《おく》に向《む》かって声《こえ》をかけると、商品《しょうひん》の影《かげ》から、年配《ねんぱい》の女性《じょせい》がひょこっと顔《かお》を出《だ》した。

「いらっしゃい。どこの子《こ》たちなの？」

ミーおばさんと呼《よ》ばれる女性《じょせい》が、こちらに向《む》かってつかつかと歩《あゆ》み寄《よ》ってくる。

どうやらこの女性《じょせい》が、このお店《みせ》の店主《てんしゅ》のようだ。

「北部小学校《ほくぶしょうがっこう》の子《こ》たちだよ。北小《きたしょう》は今《いま》、校庭《こうてい》に大《おお》きな穴《あな》が開《あ》いて学校《がっこう》が使《つか》えないから、葵小《あおいしょう》にしばらく通《かよ》ってるんだ」

タケルが答《こた》えるより先《さき》に、マリが答《こた》えた。

「どうりで上品《じょうひん》そうな子《こ》たちだと思《おも》った」

ミーおばさんはそう言《い》って、タケルの顔《かお》をじっと見《み》つめた。

「ひどいや。それじゃ、おれたちが下品《げひん》な子《こ》どもみたいじゃないか」

マサルが大《おお》げさな手振《てぶ》りをして嘆《なげ》いた。

「そうじゃないわよ。あんたたちは、ただ上品《じょうひん》じゃないだけよ」

ミーおばさんはニッコリ笑《わら》ってみせた。

「そう言《い》うの、ベンキって言《い》うんだぜ」

「それを言《い》うなら詭弁《きべん》でしょ」

マリがすかさず突《つ》っ込《こ》むと、マサルの顔《かお》は真《ま》っ赤《か》になった。

タケルは思《おも》わず噴《ふ》き出《だ》してしまった。

どうやら、マサルは真剣《しんけん》に間違《まちが》えたらしい。

「おい、タケル。これ見《み》ろよ」

店《みせ》の奥《おく》でコージが興奮《こうふん》している。

コージが手《て》にしていたのは、あるカードゲームのレアカードだった。

「これってホログラム仕様《しよう》のサンダー・サラマンダーじゃないか?」

二年《ねん》ほど前《まえ》、あるイベントで三百枚《まい》しか配《くば》られなかったスーパーレアカードだ。当時《とうじ》オークションで、数十万円《すうじゅうまんえん》で取引《とりひき》されていたものである。

「今《いま》だって、ネットオークションなら十万円《まんえん》以上《いじょう》はすると思《おも》うけど、この店《みせ》ではたったの百円《えん》だぞ」

「いいわよ、きみが欲《ほ》しいならその値段《ねだん》で」

コージとタケルの話《はなし》を聞《き》いていたミーおばさんが言《い》った。

「さすがにそれは悪《わる》いです」

コージは両手《りょうて》を振《ふ》って遠慮《えんりょ》した。

「いいから、いいから」

ミーおばさんには商売《しょうばい》っ気《け》がまったくない。

「おばさんがそう言《い》うんだから、おとなしく買《か》っておきなって。子《こ》どものおこづかいでも買《か》えるようなお宝《たから》がときどき見《み》つかるから、ここはおもしろいんだよ」

マリが後押《あとお》しした。

「忘《わす》れもの屋《や》の商品《しょうひん》は、価値《かち》をわかってるやつが好《す》きにすればいいんだ。おまえが買《か》わないならおれが買《か》うぞ」

「いや、ぼくが買《か》います」

マサルにまであおられて、ついにコージはそのカードを買《か》う決心《けっしん》をしたようだ。

「毎度《まいど》あり」

ミーおばさんは、コージから笑顔《えがお》で百円《えん》を受《う》け取《と》った。

北小《きたしょう》の前《まえ》にある、文房具屋《ぶんぼうぐや》の金《かね》もうけ主義《しゅぎ》のおやじとは大違《おおちが》いだと、タケルはつくづく思《おも》った。

「そろそろ行《い》く？」

マリに促《うなが》され、しばらく店内《てんない》をあさっていたタケルたちは外《そと》へ出《で》た。

## 3

葵町《あおいちょう》は都内《とない》の木造密集地帯《もくぞうみっしゅうちたい》にある、運河《うんが》に囲《かこ》まれた海抜《かいばつ》ゼロメートル地帯《ちたい》である。町《まち》の中《なか》に大橋《おおはし》、中橋《なかはし》、小橋《こばし》があり、外《そと》から町《まち》へ入《はい》るには必《かなら》ず大橋《おおはし》を通《とお》らなくてはならない。

住人《じゅうにん》の大半《たいはん》は高齢者《こうれいしゃ》で、江戸時代《えどじだい》からの公園《こうえん》や寺《てら》なども多《おお》く残《のこ》っている。

葵町《あおいちょう》の道《みち》は大《おお》きな車《くるま》では通《とお》れないほどせまく、くねくねと入《い》り組《く》んでいる。地元《じもと》の子《こ》であるマリたちはどんどん進《すす》んでいくが、初《はじ》めて来《き》たタケルたちは帰《かえ》りの道順《みちじゅん》もあやしくなっていた。

「わたし、もうどこにいるのかまったくわからない」

真《ま》っ先《さき》にミユが音《ね》を上《あ》げた。

「だいじょうぶ。道《みち》を覚《おぼ》えるのは得意《とくい》なんだ」

コージが頼《たの》もしいことを言《い》って、ミユをはげました。

するといきなりマリたちは、開《あ》け放《はな》たれた家《いえ》の玄関《げんかん》に入《はい》っていった。

「ついたの？」

タケルはマリの背中《せなか》に問《と》いかけた。

「まだだけど、ここを通《とお》っていった方《ほう》が近道《ちかみち》だから」

マリは土間《どま》を横切《よこぎ》り、居間《いま》でテレビを観《み》ているおばあさんに簡単《かんたん》なあいさつをしただけで、その家《いえ》の裏口《うらぐち》から川沿《かわぞ》いの道《みち》へ通《とお》り抜《ぬ》けた。

「今《いま》のって、きみのおばあちゃんの家《いえ》だったんだよね？」

念《ねん》のためと思《おも》って、タケルはマリに聞《き》いた。

「違《ちが》うけど、なんで？」

「なんでって、人《ひと》の家《いえ》なら勝手《かって》に入《はい》っちゃまずいだろ」

マリの答《こた》えに、タケルは目《め》を丸《まる》くした。

「人《ひと》の家《いえ》っていっても、町《まち》の人《ひと》たちはだいたいみんな知《し》り合《あ》いだから、こんなことぐらい、いつもやってるよ」

「じゃ、自分《じぶん》の家《いえ》にも勝手《かって》にだれかが入《はい》って来《き》ちゃうの？」

信《しん》じられないという顔《かお》をして、ミユが聞《き》くと、

「うん、そうだよ。だいたいの家《いえ》は鍵《かぎ》もかけてないし」

マリは事《こと》もなげに答《こた》えた。

「それじゃ、泥棒《どろぼう》とか痴漢《ちかん》とか、悪《わる》いやつらがやりたい放題《ほうだい》じゃない？」

ミユが言《い》った。

「知《し》らない人《ひと》が町《まち》に入《はい》ってきたら逆《ぎゃく》に目《め》立《だ》つから、そういうことは全然《ぜんぜん》ないよ」

「そうなんだ……」

マリの話《はなし》に、少《すく》なからずタケルはカルチャーショックを受《う》けた。

みんなおおらかで開《あ》けっぴろげなこの町《まち》は、同時《どうじ》に各々《おのおの》を監視《かんし》しあっているともいえるのではないかとタケルは思《おも》った。

「先《さき》に、どんぐり広場《ひろば》に寄《よ》っていこうぜ」

ヤスオが言《い》った。

「そうね、今《いま》の時間《じかん》だとそっちの可能性《かのうせい》が高《たか》いかもね……」

マリはそうつぶやくと、垣根《かきね》の隙間《すきま》をぐって横道《よこみち》へそれた。

「こんな道《みち》は覚《おぼ》えたって、おれたちだけじゃ勝手《かって》に通《とお》れないぞ」

さしものコージも、天《てん》をあおいだ。

「ついたぞ」

ヤスオが指差《ゆびさ》す道《みち》の先《さき》に、少《すこ》し開《ひら》けたところが見《み》えてきた。すると、そちらからなにやら大《おお》きな話《はな》し声《ごえ》が聞《き》こえてきた。

「ほら、やっぱりここだ」

ヤスオが駆《か》け出《だ》すと、みんな後《あと》に続《つづ》いた。

どんぐり広場《ひろば》は、こわれたすべり台《だい》とベンチがあるだけの、百坪《つぼ》に満《み》たない小《ちい》さな公園《こうえん》である。そこで大《おお》きな声《こえ》を出《だ》していたのは、ジャージ姿《すがた》の数人《すうにん》の大人《おとな》たちだった。

どうやら、この人《ひと》たちがドラゴン座《ざ》のメンバーらしい。

「ドラゴン座《ざ》の人《ひと》たちはお金《かね》がないんで、いつもここを稽古場《けいこば》にしているんだよ」

呆気《あっけ》にとられているタケルたちに、ヤスオが説明《せつめい》した。

「稽古《けいこ》の途中《とちゅう》ですみませんが、座長《ざちょう》さんにちょっとお願《ねが》いしたいことがあるんです！」

マリが、その人《ひと》たちに負《ま》けじと大声《おおごえ》を出《だ》した。

次《つぎ》の瞬間《しゅんかん》、彼《かれ》らの声《こえ》が止《と》まった。

「おお、マリちゃんどうした？」

目鼻立《めはなだ》ちがはっきりした濃《こ》い顔《かお》のおじさんがこちらへ近《ちか》づいてきた。この人《ひと》がドラゴン座《ざ》の座長《ざちょう》だろうか。

「今度《こんど》の日曜《にちよう》、わたしたちの学校《がっこう》で劇《げき》の発表会《はっぴょうかい》をするんですが、よかったらドラゴン座《ざ》のみなさんに審査員《しんさいん》をしてもらいたいんです」

マリは頭《あたま》を下《さ》げた。

「みなさんって、全員《ぜんいん》かい？」

座長《ざちょう》が聞《き》くと、ほかのメンバーたちも集《あつ》まってきた。

「できたら、みなさん全員《ぜんいん》に点数《てんすう》をつけてほしいんです」

マリは北小《きたしょう》と葵小《あおいしょう》が繰《く》り広《ひろ》げているイス取《と》り勝負《しょうぶ》の説明《せつめい》をしてから、六名《めい》いるメンバーに三点《てん》ずつ、合計《ごうけい》で十八の持《も》ち点《てん》を振《ふ》り分《わ》けてほしいとお願《ねが》いした。

「おまえら、日曜《にちよう》の予定《よてい》はどうなってる？」

座長《ざちょう》がメンバーたちに確認《かくにん》を取《と》った。

「おれらのバイトは夜《よる》からだからだいじょうぶですが、こいつ、運送屋《うんそうや》の仕事《しごと》が土日《どにち》の泊《と》まりがけなんで、無理《むり》だと思《おも》います」

ガッチリした体型《たいけい》のメンバーの一人《ひとり》がすまなそうに頭《あたま》を下《さ》げた。

「五人《にん》だと、三点分《てんぶん》足《た》りなくなるなあ」

座長《ざちょう》はあごに手《て》を当《あ》てた。

「だったら、浅野《あさの》さんに頼《たの》んだらどうだ？」

ベンチに座《すわ》って、ドラゴン座《ざ》の練習《れんしゅう》をながめていた老人《ろうじん》の一人《ひとり》が提案《ていあん》した。

「なるほど、あの人《ひと》なら審査員長《しんさいんちょう》にふさわしい」

座長《ざちょう》はうなずいた。

浅野菊江《あさのきくえ》は、葵町《あおいちょう》の北《きた》の端《はし》に建《た》つ豪邸《ごうてい》で暮《く》らす元女優《もとじょゆう》である。

「頼《たの》んでみたら？」

「そうですね。ダメもとでお願《ねが》いしてみます」

マリは、座長《ざちょう》に頭《あたま》を下《さ》げた。

それから、ドラゴン座《ざ》のメンバーに審査員《しんさいん》を引《ひ》き受《う》けてくれたことへのお礼《れい》を言《い》って、立《た》ち去《さ》ろうとしたとき、

「あれ、きみって子役《こやく》の野中美由《のなかみゆ》ちゃんだろ」

メンバーの一人《ひとり》がミユに気《き》がついた。

「はい、そうです」

急《きゅう》にミユの声色《こわいろ》が変《か》わった。

「今度《こんど》、ドラマでいい役《やく》が決《き》まったんだって？」

「はい、ありがとうございます」

そして、とびっきりの営業《えいぎょう》スマイル。

「クランクインはいつからなの？」

「それが、まだ三か月《げつ》くらい先《さき》なんですよ」

そのメンバーはやけにくわしい。

「こいつ、この間《あいだ》エキストラの仕事《しごと》で、美由《みゆ》ちゃんを見《み》かけて以来《いらい》、大《だい》ファンなんだぜ」

「そうなんですか」

ミユがじっとその目《め》をのぞき込《こ》んだ。

「言《い》うなって」

そのメンバーは、仲間《なかま》にバラされて焦《あせ》りまくっている。

「ぼくたちの舞台《ぶたい》は、ミユが主役《しゅやく》なんですよ」

コージが抜《ぬ》け目《め》なくアピールした。

「なんだか、楽《たの》しみがふえちゃったなあ」

そのメンバーはにやにやしている。

「この人《ひと》、本当《ほんとう》にだいじょうぶなんですか？」

ヤスオは座長《ざちょう》に白《しろ》い目《め》を向《む》けた。

「おれたちだってプロのはしくれだ。ひいきなしで点数《てんすう》はシビアにつけるよ」

座長《ざちょう》は真剣《しんけん》な顔《かお》をしている。

「それを聞《き》いて安心《あんしん》しました」

タケルは本心《ほんしん》からそう思《おも》っていた。

その足《あし》で、マリたちはタケルたちと一緒《いっしょ》に浅野菊江《あさのきくえ》の家《いえ》へ向《む》かった。

# 4

「ああ、ここがそうなのか……」

見覚《みおぼ》えのある家《いえ》を見《み》てタケルはつぶやいた。

「知《し》ってるの？」

マリがタケルの顔《かお》をのぞき込《こ》んだ。

「だれが住《す》んでいるのかは知《し》らなかったんだけど、ほらあそこ」

そう言《い》ってタケルが豪邸《ごうてい》の向《む》こうを指差《ゆびさ》すと、北小《きたしょう》の校舎《こうしゃ》が見《み》えていた。

「なるほど、そうだったね」

マリは納得《なっとく》してうなずいた。

浅野菊江《あさのきくえ》の家《いえ》は葵町《あおいちょう》の北端《ほくたん》に建《た》っている。

運河《うんが》を隔《へだ》ててすぐ隣《となり》が北小《きたしょう》である。

タケルは学校《がっこう》の窓《まど》からこの豪邸《ごうてい》を見《み》ながら、いったいだれが住《す》んでいるんだろうかと、ときどき想像《そうぞう》をふくらませていたのだ。

「今《いま》、携帯《けいたい》で、お母《かあ》さんに聞《き》いてみたんだけど、浅野菊江《あさのきくえ》って人《ひと》は、昔《むかし》すごく有名《ゆうめい》な人気女優《にんきじょゆう》だったらしいよ」

ミユがタイミングよく、タケルに耳《みみ》打《う》ちした。

「そうなんだ……」

タケルにはピンとこないが、ミユの情報《じょうほう》では、突然《とつぜん》引退《いんたい》を発表《はっぴょう》して以来《いらい》、一切《いっさい》表舞台《おもてぶたい》に姿《すがた》を見《み》せてないそうだ。

「こんなとこに住《す》んでたんだって、お母《かあ》さんも驚《おどろ》いてたよ」

ミユがそう締《し》めくくった。

「そんな人《ひと》だとしたら、気難《きむずか》しそうだな」

不安《ふあん》げにコージが言《い》った。

「だいじょうぶだよ、すごく感《かん》じのいい、きれいなおばあちゃんだから」

マリは笑《わら》いながら、家《いえ》の呼《よ》び鈴《りん》を押《お》した。

あらわれた菊江《きくえ》は、八十歳《さい》を過《す》ぎているが、今《いま》でも整《ととの》った顔立《かおだ》ちにピンっと伸《の》びた背筋《せすじ》で、しっかりと女優《じょゆう》の面影《おもかげ》を残《のこ》していた。

「また大勢《おおぜい》で、なんのご用《よう》？」

菊江《きくえ》の声《こえ》には張《は》りがある。

マリたちとは、かなり面識《めんしき》があるようだ。

「今日《きょう》は、またお願《ねが》いがあって、うかがいました」

「あらあら、楽《たの》しみね」

菊江《きくえ》はにっこりと微笑《ほほえ》んだ。

笑《わら》い方《かた》も上品《じょうひん》で、普通《ふつう》のおばあさんとは違《ちが》うことが、タケルにもわかる。

「今度《こんど》わたしたち、北小《きたしょう》と発表会《はっぴょうかい》で演劇勝負《えんげきしょうぶ》をするんですが、おばあちゃんに、どちらのお芝《しば》居《い》がよかったのか審査《しんさ》していただきたいんです」

マリは、詳細《しょうさい》を菊江《きくえ》に話《はな》した。

「おもしろそう。そのお願《ねが》い、引《ひ》き受《う》けさせていただくわ」

菊江《きくえ》は快諾《かいだく》してくれた。

「容赦《ようしゃ》なく審査《しんさ》してくださって、だいじょうぶですから」

マリは念《ねん》を押《お》すと、

「わかったわ、覚悟《かくご》しておいて」

菊江《きくえ》はそう言《い》って、もう一度微笑《いちどほほえ》んだ。

これで審査員《しんさいん》にその道《みち》のプロたちが集《あつ》まった。勝負《しょうぶ》のお膳立《ぜんだ》ては完璧《かんぺき》だ。

「さて一仕事《ひとしごと》、済《す》んだことだし、北小《きたしょう》がどうなっているのかのぞきに行《い》ってみない?」

菊江《きくえ》の家《いえ》を後《あと》にするや否《いな》や、マリが提案《ていあん》した。

「そうだなあ、ここまで来《き》たんだから行《い》ってみようか」

タケルも興味《きょうみ》があったので、すぐにマリの意見《いけん》に乗《の》った。

様子《ようす》を見《み》て、学校《がっこう》の工事《こうじ》が進《すす》んでいるようなら、マリたちとの別《わか》れも早《はや》いかもしれない。

タケルたちはマリたちと連《つ》れ立《だ》って、葵小《あおいしょう》の学区《がっく》から北小《きたしょう》の学区《がっく》へ入《はい》った。学校《がっこう》の壁沿《かべぞ》いを歩《ある》いて北部小学校《ほくぶしょうがっこう》の校門《こうもん》へ回《まわ》る。

まだ校門《こうもん》は立入禁止《たちいりきんし》の看板《かんばん》で閉鎖《へいさ》されていた。中《なか》をのぞこうにも校庭《こうてい》は高《たか》い防音壁《ぼうおんへき》に覆《おお》われ、見《み》ることはできない。

「無駄足《むだあし》だったね」

ミユはため息《いき》まじりに言《い》った。

「あきらめるのはまだ早《はや》い」

マリがそう言《い》って目配《めくば》せすると、

「どこか忍《しの》び込《こ》めそうな所《ところ》を探《さが》してくる」

ヒロが姿《すがた》を消《け》した。

なんだかあまりいい予感《よかん》はしない。

「おい、行《い》けそうなところがあったぜ」

ヒロはすぐに戻《もど》ってくると、みんなを案内《あんない》した。そこは、校庭《こうてい》の壁際《かべぎわ》に停《と》めてある、大《おお》きなトラックの前《まえ》だった。

「このトラックの上《うえ》から飛《と》び移《うつ》れそうだぜ」

ヒロは、こともなげに言《い》う。

「そうね」

言《い》うが早《はや》いか、マリはそのトラックによじ登《のぼ》りはじめた。

「ちょっと待《ま》てって。勝手《かって》にそんなことして、怒《おこ》られるぞ」

タケルはあわててマリに注意《ちゅうい》した。

「弱虫《よわむし》さんは、下《した》で待《ま》っていてもいいよ」

マリは、すでにトラックの上《うえ》に立《た》っている。

その間《あいだ》にも、葵小《あおいしょう》の悪《ワル》ガキたちは次々《つぎつぎ》とトラックの上《うえ》から校庭《こうてい》の壁《かべ》に飛《と》び移《うつ》っていく。

「やればいいんだろ、やれば」

タケルも仕方《しかた》なく、ため息《いき》をつきながら後《あと》につづいた。

これじゃ、すっかり悪《ワル》ガキの仲間《なかま》だ。

「わたしは、そんな泥棒《どろぼう》みたいなこと絶対《ぜったい》にしませんからね」

結局《けっきょく》、ミユだけを残《のこ》し、タケルたちも校庭《こうてい》の壁《かべ》に飛《と》び移《うつ》った。

そこから防音壁《ぼうおんへき》を越《こ》え、鉄骨《てっこつ》の足場《あしば》によじ登《のぼ》ると、

「もう工事《こうじ》はしてないみたい」

マリが足場《あしば》の上《うえ》から言《い》った。

日《ひ》はかたむき、辺《あた》りは暗《くら》くなりつつある。

作業時間《さぎょうじかん》が過《す》ぎたのか、校内《こうない》に作業員《さぎょういん》の姿《すがた》は見当《みあ》たらない。

人気《ひとけ》のない校庭《こうてい》に、マリたちはこっそり降《お》りてみた。

「なんだよ、まだ穴《あな》が開《あ》いたままじゃないか」

マサルが言《い》うとおり、校庭《こうてい》は大《おお》きく陥没《かんぼつ》したままだった。

「最初《さいしょ》はもっと大《おお》きかったの？」

マリがタケルにたしかめた。

「いや、こんなものだったはずだよ。工事《こうじ》が進《すす》んでいるようには思《おも》えないな」

すぐにタケルが答《こた》えた。

「まだ調査《ちょうさ》の段階《だんかい》なのかもな」

コージが言《い》った。

校庭《こうてい》の陥没《かんぼつ》も、もとはと言《い》えば、耐震工事《たいしんこうじ》の準備《じゅんび》で北小《きたしょう》に入《はい》った業者《ぎょうしゃ》が、校舎《こうしゃ》の隅《すみ》で工事《こうじ》を始《はじ》めてからおこったものだ。

この大穴《おおあな》は、耐震工事《たいしんこうじ》がきっかけになった可能性《かのうせい》がある。そうなると、学校《がっこう》の下《した》にもっと大《おお》きな空洞《くうどう》があることだって考《かんが》えられる。

「単純《たんじゅん》に埋《う》め戻《もど》せばいいって問題《もんだい》じゃないのかもな」

タケルは校庭《こうてい》を見回《みまわ》した。

「下手《へた》をすると、校舎《こうしゃ》が崩《くず》れていてもおかしくなかったのかも。それなら、学校《がっこう》を全部《ぜんぶ》建《た》て直《なお》した方《ほう》が早《はや》いくらいだ」

コージは顔《かお》をしかめた。

「いや、全部《ぜんぶ》建《た》て直《なお》すくらいなら、北小《きたしょう》は閉鎖《へいさ》されるよ」

普通《ふつう》に考《かんが》えれば、コストの面《めん》からみても、それが現実的《げんじつてき》である。

自分《じぶん》たちは、このままずっと葵小《あおいしょう》に通《かよ》うことになるかもしれないとタケルは思《おも》った。

# 5

発表会《はっぴょうかい》の当日《とうじつ》。

葵小《あおいしょう》へ、二校《こう》の児童《じどう》とその保護者《ほごしゃ》たちが集《あつ》まった。照明《しょうめい》が落《お》とされた真《ま》っ暗《くら》な体育館《たいいくかん》の中《なか》で、正面《しょうめん》の舞台《ぶたい》だけが輝《かがや》いている。

プログラムは一年生《ねんせい》の合唱《がっしょう》から始《はじ》まり、次第《しだい》に高学年《こうがくねん》の発表《はっぴょう》へと進《すす》んでいく。

両校《りょうこう》の四年生《ねんせい》の発表《はっぴょう》がすんで、午前《ごぜん》の部《ぶ》が終了《しゅうりょう》した。

昼食《ちゅうしょく》をとってから、午後《ごご》の最初《さいしょ》が、北小《きたしょう》の『白雪姫《しらゆきひめ》』だ。

マリたちが葵小《あおいしょう》の席《せき》につくと、審査員《しんさいん》を頼《たの》んでいた浅野菊江《あさのきくえ》とドラゴン座《ざ》の面々《めんめん》もすでに保《ほ》護者席《ごしゃせき》に到着《とうちゃく》していた。

北小《きたしょう》の舞台《ぶたい》が始《はじ》まると、驚《おどろ》いたことに主役《しゅやく》の白雪姫《しらゆきひめ》がミユではなかった。

「どうなってるの？」

マリは小声《こごえ》でたしかめたが、ユリにもわからないようだった。

「体調《たいちょう》が急《きゅう》に悪《わる》くなった、とかかな？」

サキがだれにとはなくつぶやいた。

そして暗転《あんてん》。

「鏡《かがみ》よ、鏡《かがみ》。世界《せかい》で一番《いちばん》美《うつく》しいのはだれ？」

いよいよ登場《とうじょう》した悪《わる》い女王《じょおう》を見《み》て、マリたちの目《め》は点《てん》になった。

「あれがミユじゃん」

なんとミユは悪《わる》い女王役《じょおうやく》にかわっていたのだ。

「あいつ、主役《しゅやく》、降《お》ろされてやんの」

くっくとヒロが笑《わら》うと、

「いや違《ちが》う……」

ケンタは真顔《まがお》で言《い》った。

「この舞台《ぶたい》で、もっとも演技力《えんぎりょく》が必要《ひつよう》なのは悪《わる》い女王《じょおう》だよ。それをわかっているから彼女《かのじょ》は主《しゅ》役《やく》の座《ざ》をあえてゆずったんだ」

ケンタの言《い》うとおり、かわいいだけで、助《たす》けてもらってばかりの白雪姫《しらゆきひめ》は大《たい》した役《やく》ではない。この物語《ものがたり》の主役《しゅやく》はむしろ悪《わる》い女王《じょおう》である。

美《うつく》しくも恐《おそ》ろしいミユの演技《えんぎ》に、観客《かんきゃく》たちの目《め》は釘《くぎ》づけになった。

そして、魔女《まじょ》になったミユが毒《どく》リンゴを持《も》って現《あらわ》れた。一年生《ねんせい》や、二年生《ねんせい》など小《ちい》さい子《こ》たちは真剣《しんけん》に怖《こわ》がっているようだった。

舞台《ぶたい》が終《お》わっても、拍手《はくしゅ》は鳴《な》り止《や》まない。

審査員《しんさいん》たちも、スタンディングオベーションである。

「この後《あと》やるのって、ちょっと大変《たいへん》じゃない」

青白《あおじろ》い顔《かお》でユリが言《い》った。

「こうなったらやるしかない」

マリはそう自《みずか》らを鼓舞《こぶ》して、席《せき》を立《た》ち上《あ》がった。

舞台《ぶたい》の裏手《うらて》にまわると、今《いま》まさに終《お》わったばかりのタケルたちとすれ違《ちが》った。

「さすがにやるわね」

マリが、ミユに言《い》った。

「どういたしまして」

ミユはドレスを広《ひろ》げてお辞儀《じぎ》した。

『続《つづ》いてのプログラムは葵小学校《あおいしょうがっこう》、五年生《ねんせい》の「水戸黄門《みとこうもん》」です』

マリがあわてて舞台袖《ぶたいそで》に向《む》かうと、ちょうど館内放送《かんないほうそう》が流《なが》れた。

ブザーとともに、舞台《ぶたい》の幕《まく》が開《あ》いた。

「水戸黄門様《みとこうもんさま》～、待《ま》ってくださいよ……。じゃなかった、ご隠居《いんきょ》さま～」

いきなり言《い》い間違《まちが》える、二郎《じろう》の格《かく》さん。

お忍《しの》び旅《たび》のはずなのに、これではもうネタバレだ。

ユリの黄門様《こうもんさま》もびっくりして、顔面蒼白《がんめんそうはく》だ。

「すっ、助《すけ》さんはどうしたんだい？」

「はい、ここに……」

出《で》てきたとたんに、サキの助《すけ》さんはつまずいて舞台《ぶたい》の上《うえ》でひっくり返《かえ》った。

舞台《ぶたい》の中央《ちゅうおう》まですっ飛《と》んだカツラをあせって拾《ひろ》うと、サキはあわてて反対《はんたい》向《む》きにかぶり直《なお》した。

もうみんな、緊張《きんちょう》でガチガチになっている。

これは三人《にん》とも、まともな演技《えんぎ》ができる状態《じょうたい》じゃない。

「わたしたちがやるしかないね」

舞台袖《ぶたいそで》で控《ひか》えていた偽黄門役《にせこうもんやく》のマリが言《い》った。

「やるって、なにを？」

偽助《にせすけ》さんのヒロが聞《き》いた。

「あがりまくってぐだぐだなユリたちのかわりに、わたしたちがこれから舞台《ぶたい》に出《で》ていって、本物《ほんもの》にすり替《か》わるのよ」

「それはさすがにまずくねえか」

ヒロが文句《もんく》を言《い》ったが、マリににらみつけられた。

「このままじゃ、絶対《ぜったい》、北小《きたしょう》の舞台《ぶたい》に勝《か》てない。これはあくまでも応急処置《おうきゅうしょち》、背《せ》に腹《はら》はかえられないってやつなの！」

興奮気味《こうふんぎみ》にマリが言《い》った。

物《もの》は言《い》いようである。

「たしかに、このままじゃ北小《きたしょう》のやつらに点数《てんすう》を全部《ぜんぶ》もっていかれてもおかしくない。だいたい偽者《にせもの》の役《やく》なんて、もともといやだったからな」

マサルはマリの意見《いけん》に乗《の》っかった。

「おれだって偽《にせ》の助《すけ》さん役《やく》なんて、すげーいやだけど、大勢《おおぜい》の観客《かんきゃく》が見《み》ているのに、どうやって入《い》れ替《か》わるんだよ？」

ヒロが言《い》った。

「一瞬《いっしゅん》だけ電気《でんき》を消《け》すとか、幕《まく》を閉《と》じればいいんじゃないか？　おれたち幸《さいわ》い衣装《いしょう》も同《おな》じだから、すぐに入《い》れ替《か》われば、みんな気《き》づかないだろ」

「いやいや、普通《ふつう》に気《き》づくと思《おも》うぞ」

適当《てきとう》なことを言《い》うマサルに、ヒロが冷静《れいせい》に突《つ》っ込《こ》んだ。

マリとユリだけならいいが、マサルと二郎《じろう》では圧倒的《あっとうてき》に見《み》た目《め》が違《ちが》う。

「そんな小細工《こざいく》は必要《ひつよう》ないわ。わたしたちは堂々《どうどう》と舞台《ぶたい》に出《で》ていって、あの子《こ》たちを偽者《にせもの》だって、追《お》い出《だ》しちゃえばいいのよ」

「なるほど、その後《ご》の偽者役《にせものやく》まであいつらに押《お》しつけちゃうのか」

ヒロは、ぽんと手《て》を打《う》った。

「北小《きたしょう》が主役交代《しゅやくこうたい》なら、こっちも主役交代《しゅやくこうたい》よ」

マリは言《い》い切《き》った。

「御老公《ごろうこう》さまも、なかなかの悪《わる》でございますな〜」

悪人面《あくにんづら》をして言《い》うマサルに、

「格《かく》さん、そちもなかなかな」

マリはそう返《かえ》すと、二人《ふたり》は下品《げひん》な声《こえ》を出《だ》して笑《わら》った。

「おまえらは、悪代官《あくだいかん》と悪徳商人役《あくとくしょうにんやく》が一番《いちばん》向《む》いていたんじゃねえの」

ヒロは肩《かた》をすくめてあきれている。

「だったらいいんだぜ。おまえだけ偽者《にせもの》チームに残《のこ》ったって」

「そうそう、本物《ほんもの》の助《すけ》さんはそのままサキにしとくから」

二人《ふたり》はヒロに白《しろ》い目《め》を向《む》けた。

「わかったよ。いや、喜《よろこ》んでおまえたちの悪事《あくじ》に加担《かたん》させていただきます」

「悪事《あくじ》だなんて人聞《ひとぎ》きが悪《わる》いなあ。わたしたちは水戸黄門様《みとこうもんさま》の御一行《ごいっこう》だよ。わたしたちがやることが正義《せいぎ》なの」

「はっ、御老公《ごろうこう》のおっしゃるとおりでございます」

ヒロもついに開《ひら》き直《なお》って、マリに頭《あたま》を下《さ》げた。


舞台監督《ぶたいかんとく》のケンタは、一旦《いったん》、幕《まく》を下《お》ろすべきか、舞台袖《ぶたいそで》であたふたと考《かんが》えあぐねていた。

すると、

「わたしたちが出《で》るよ」

と言《い》って、マリたち偽者《にせもの》チームが、ケンタの前《まえ》をすたすたと通《とお》り過《す》ぎていった。

「おい、きみたちなにをするつもりだよ」

ケンタの言葉《ことば》もむなしく、マリたちは舞台《ぶたい》に出《で》ていってしまった。

「御老公《ごろうこう》、ついに見《み》つけましたぞ。我《われ》らの名《な》をかたり、各地《かくち》で迷惑《めいわく》をかけまくっているという、偽黄門《にせこうもん》の一味《いちみ》を！」

舞台《ぶたい》に立《た》ったマサルは、いきなり台本《だいほん》にないセリフを叫《さけ》んだ。

「おまえたち、そんな不届《ふとど》き者《もの》はこらしめてやりなさい！」

「承知《しょうち》しました」

マリのかけ声《ごえ》で、マサルとヒロが機敏《きびん》に動《うご》く。

マリたちのセリフは完全《かんぜん》にアドリブだ。

どうやらユリたちの方《ほう》を偽者《にせもの》にして、この場《ば》を取《と》りつくろうつもりらしい。

台本《だいほん》とは違《ちが》うが、このままあがりまくってなにもできないでいるユリたちを、上手《うま》く舞台《ぶたい》から退場《たいじょう》させる方《ほう》が肝心《かんじん》だ。

ユリたちがマリたちと上手《うま》く話《はなし》を合《あ》わせてくれたら、この崩壊寸前《ほうかいすんぜん》の舞台《ぶたい》をなんとか立《た》て直《なお》せるかもしれない。

「だれが偽黄門《にせこうもん》の一味《いちみ》だ。偽者《にせもの》はあんたたちでしょうが！」

ところが、空気《くうき》の読《よ》めないサキが、いきなりマリたちにかみついた。

サキは今《いま》までさんざん棒読《ぼうよ》みだったくせに、やっと我《われ》に返《かえ》ったようだ。

「だから〜」

マリはウインクして、サキにわかってもらおうとしたが上手《うま》くいかない。

「控《ひか》えーい。この御方《おかた》をどなたと心得《こころえ》る」

その上《うえ》、二郎《じろう》までがこんなことを言《い》い出《だ》したから、よけいに収集《しゅうしゅう》がつかなくなった。

もう印籠《いんろう》を取《と》り出《だ》そうとしている。

「おれたちの出番《でばん》がなくなっちゃうんですけど……」

ヤスオたち悪者《わるもの》チームが、心配《しんぱい》になってケンタの元《もと》に駆《か》けつけた。

「きみたちも好《す》きにしていいよ」

ケンタは完全《かんぜん》にさじを投《な》げた。

「お代官様《だいかんさま》、こうなったら口封《くちふう》じで皆殺《みなごろ》しにしましょう」

「おお、御老公《ごろうこう》。手向《てむ》かいいたしますぞ！」

ヤスオと智《とも》は、そう言《い》いながら舞台《ぶたい》に突入《とつにゅう》した。

中央《ちゅうおう》では、マサルが二郎《じろう》から印籠《いんろう》を取《と》り上《あ》げている。

もうめちゃくちゃだ。

ケンタは一人《ひとり》、頭《あたま》をかかえた。

ところが、そのめちゃくちゃが功《こう》を奏《そう》したのか、観客《かんきゃく》には大受《おおう》けだった。

苦労《くろう》して作《つく》っただけあって、ケンタは自分《じぶん》の脚本《きゃくほん》にはかなりの自信《じしん》があった。

マリとユリの双子《ふたご》だからできる、偽黄門一行《にせこうもんいっこう》を黄門様御一行《こうもんさまごいっこう》がこらしめる物語《ものがたり》だったが、まったく日《ひ》の目《め》を見《み》ることはなかった。

しかしながら、結果的《けっかてき》に観客《かんきゃく》は楽《たの》しんでくれたようだ。

マリたちとタケルたちは、発表会《はっぴょうかい》がすべて終《お》わったのを見計《みはか》らって、体育館《たいいくかん》の席《せき》に座《すわ》っていた審査員《しんさいん》たちのところへ、舞台《ぶたい》の感想《かんそう》を聞《き》きにいった。

審査員長《しんさいんちょう》の浅野菊江《あさのきくえ》は、ミユの演技《えんぎ》を絶賛《ぜっさん》していた。

「惜《お》しむらくは、彼女《かのじょ》のワンマンショーだったことね。だからトータルで言《い》うと、少《すこ》し減点対《げんてんたい》象《しょう》になってしまったかもね」

そう言《い》って、一点《てん》は葵小《あおいしょう》に入《い》れてくれた。

「葵小《あおいしょう》の舞台《ぶたい》、最初《さいしょ》はどうなるかと思《おも》ったけど、どういうわけかおもしろかった。あれが、すべて台本《だいほん》だったとしたら、書《か》いたやつは天才《てんさい》だと思《おも》うな」

ドラゴン座《ざ》の座長《ざちょう》は、葵小《あおいしょう》の『水戸黄門《みとこうもん》』を気《き》に入《い》ってくれたようだ。

「ぼくの台本《だいほん》なんか無視《むし》して、クラスのみんなが勝手《かって》にやったんです」

ケンタがむくれながら言《い》うと、

「そうだとしたら、本当《ほんとう》に偶然《ぐうぜん》上手《うま》くいったんだと思《おも》うよ」

座長《ざちょう》は楽《たの》しそうに言《い》った。

その結果《けっか》、演劇勝負《えんげきしょうぶ》は九対《たい》九のイーブンだった。

## 6

タケルたちは、マリたちに案内《あんない》された葵町《あおいちょう》に興味《きょうみ》がわいていた。

そこで、日曜日《にちようび》にみんなで集《あつ》まり、葵町《あおいちょう》を探険《たんけん》することになった。

几帳面《きちょうめん》なコージは町《まち》を歩《ある》きながら、どこかで手《て》に入《い》れた葵町《あおいちょう》の地図《ちず》に、なにやらしきりに書《か》き込《こ》んでいた。

これで帰《かえ》りに迷《まよ》うことはなさそうだとタケルは思《おも》った。

タケルたちが秋葉神社《あきばじんじゃ》にたどり着《つ》くと、境内《けいだい》に見《み》たことのあるスポーツカーが停《と》まっていた。

担任《たんにん》の篠田《しのだ》が乗《の》っている赤《あか》いポルシェである。

墓場《はかば》の入《い》り口《ぐち》から歩《ある》いてくる篠田《しのだ》を見《み》つけると、タケルたちは駆《か》け寄《よ》った。

「お参《まい》りですか？」

コージが篠田《しのだ》に聞《き》いた。

「いいえ、ただぶらついているだけよ。こう見《み》えても古《ふる》いお寺《てら》とか神社《じんじゃ》を散策《さんさく》するのが好《す》きなの」

篠田《しのだ》の言《い》うとおり、らしくない趣味《しゅみ》だとタケルは思《おも》ったが、口《くち》には出《だ》さなかった。

「きみたちこそ、日曜日《にちようび》にこんなところへ来《く》るなんて、どういう風《かぜ》の吹《ふ》き回《まわ》し？」

「探険《たんけん》です。この町《まち》は迷路《めいろ》みたいでおもしろいんです」

篠田《しのだ》の問《と》いに、コージが答《こた》えた。

「ところで先生《せんせい》、ぼくらは葵小《あおいしょう》に、後《あと》どのくらいいるんですか？」

タケルは話題《わだい》を変《か》えた。

「校庭《こうてい》の埋《う》め戻《もど》しが終《お》わり次第《しだい》ね、そんなにかからないと思《おも》うわ」

篠田《しのだ》が言《い》った。

「この間《あいだ》、様子《ようす》を見《み》に行《い》ったときには、まったく工事《こうじ》が進《すす》んでいなかったみたいでしたけど……」

「学校《がっこう》を見《み》に行《い》ったの？　危《あぶ》ないから近《ちか》づくなと言《い》っておいたはずだけど」

篠田《しのだ》の目《め》が急《きゅう》にきつくなった。

「外《そと》からちょっとのぞいただけです……」

タケルは口《くち》にしてからしまったと思《おも》ったが、言《い》ってしまったことは仕方《しかた》ない。

「地下鉄《ちかてつ》とかも走《はし》っているから調査《ちょうさ》に時間《じかん》がかかったみたい。埋《う》め戻《もど》しの作業自体《さぎょうじたい》はそんなにかからないはずだから、せいぜい一週間《しゅうかん》ってとこかしら」

「じゃ、もうすぐですね……」

タケルは、自分《じぶん》がさびしい気持《きも》ちになっていることに気《き》づき、少《すこ》し驚《おどろ》いた。

「この町《まち》が気《き》に入《い》ったみたいね」

篠田《しのだ》は空《そら》を見上《みあ》げた。

篠田《しのだ》と別《わか》れて、秋葉神社《あきばじんじゃ》の裏手《うらて》へ回《まわ》り込《こ》むと、

「おーい」

と、不意《ふい》に声《こえ》をかけられた。

「何《なに》か言《い》ったか？」

タケルはコージたちの方《ほう》を振《ふ》り向《む》いてたしかめたが、みんな頭《かぶり》を振《ふ》っている。

「こっち、こっち」

また声《こえ》がした。

マリたちの声《こえ》のようだが、姿《すがた》が見《み》えない。

「上《うえ》だよ。あいつら屋根《やね》の上《うえ》にいるんだ！」

コージの言葉《ことば》で、タケルが秋葉神社《あきばじんじゃ》の屋根《やね》を見上《みあ》げると、マリとユリが雁《がん》首《くび》そろえて座《すわ》っていた。

「きみたちも登《のぼ》って来《き》たら？　ここからの景色《けしき》はなかなかのものよ」

上《うえ》からユリが手招《てまね》きしている。

「そこの木《き》を使《つか》えば簡単《かんたん》だから」

マリが手前《てまえ》の大木《たいぼく》を指差《ゆびさ》した。

彼女《かのじょ》らが言《い》うとおり、木《き》の枝《えだ》やこぶに手《て》をかけるとスイスイと登《のぼ》っていける。

「ボルダリングの要領《ようりょう》ね」

意外《いがい》にも、ミユまでが屋根《やね》の上《うえ》に登《のぼ》ってきた。

神社《じんじゃ》の本殿《ほんでん》は、ほかの屋根《やね》と違《ちが》い急角度《きゅうかくど》である。

そこを這《は》い上《あ》がると、かしの木《き》の間《あいだ》から葵町《あおいちょう》が一望《いちぼう》できた。

「へえー、ここからだと町《まち》の様子《ようす》がよくわかるなあ」

コージが自分《じぶん》の地図《ちず》と見比《みくら》べながら感心《かんしん》している。

マリとユリはその急角度《きゅうかくど》の屋根《やね》を滑《すべ》り下《お》り、木《き》の枝《えだ》に飛《と》び移《うつ》るという遊《あそ》びを繰《く》り返《かえ》していたが、さすがにそれをまねる気《き》にはならなかった。

その日《ひ》は梅雨《つゆ》の晴《は》れ間《ま》の、かなり暑《あつ》い日《ひ》だった。

「そろそろお弁当《べんとう》にしない？」

ミユがそう言《い》うと、タケルもお腹《なか》がかなり減《へ》っていることに気《き》づいた。

みんなは、屋根《やね》の棟《むね》に腰《こし》かけてお弁当《べんとう》を食《た》べることにした。

タケルは、お母《かあ》さんが朝《あさ》、作《つく》ってくれたおにぎりの包《つつ》みをあけてみた。

中《なか》には、おにぎりが三個《こ》はいっていた。

「きみたちも一つ、どうかな？」

なにも持《も》っていないマリたちに、タケルが自分《じぶん》のおにぎりを一つ差《さ》し出《だ》した。

ところが次《つぎ》の瞬間《しゅんかん》、手《て》をすべらせてしまい、三つのおにぎり全部《ぜんぶ》がころころと屋根《やね》を転《ころ》がり落《お》ちていった。

タケルはあわてておにぎりに手《て》を伸《の》ばしたが、屋根《やね》からすべり落《お》ちそうになってあきらめた。

するとそのおにぎりは、三つとも雨《あま》どいを伝《つた》って、下《した》へと転《ころ》がり落《お》ちていった。

「ちぇっ」

タケルは雨《あま》どいの穴《あな》をいつまでものぞきこんだ。あのおにぎりの具《ぐ》は、タケルの大好《だいす》きなサケだったのだ。

下《した》までタケルが下《お》りてくると、雨《あま》どいは下水溝《げすいこう》のような穴《あな》に続《つづ》いていた。

せっかくお母《かあ》さんが作《つく》ってくれたのに、下水溝《げすいこう》の中《なか》に落《お》としちゃったなんて言《い》えない。どうしよう、と思《おも》っているところにミユが下《した》まで下《お》りてきて、

「わたしのお弁当《べんとう》を半分《はんぶん》あげるわ」

と言《い》ってくれた。

シンゴとコージもやって来《き》て、

「おれの弁当《べんとう》も分《わ》けてやるよ」

と言《い》った。

「なんだかごめん」

タケルがした失敗《しっぱい》なのに、マリが頭《あたま》をさげた。

「よかったら家《うち》のそば屋《や》でごちそうしようか」

ユリも気《き》を使《つか》ってくれた。

みんな親切《しんせつ》な連中《れんちゅう》ばかりだ。

そう思《おも》っていると、穴《あな》の中《なか》から、

「おにぎりころころ穴《あな》の中《なか》」

と、声《こえ》がしてきた。

タケルは穴《あな》に耳《みみ》をつけてみると、

「おにぎりころころ」

という声《こえ》がする。

「穴《あな》の中《なか》で声《こえ》がする」

タケルが言《い》うと、マリ、ユリ、ミユ、シンゴ、コージの五人《にん》は、

「そんなの気《き》のせいだよ」

と笑《わら》った。

すると突然《とつぜん》、穴《あな》が大《おお》きくなって、人《ひと》が通《とお》れるほどになった。

みんなあぜんとしていると、

「ネズミ天国《てんごく》においでよ」

と声《こえ》がした。

「行《い》ってみよう」

タケルは興味《きょうみ》がわいたが、五人《にん》とも、

「それ、変《へん》だよ。行《い》ったら出《で》られなくなるんじゃないか」

と言《い》う。

しかしタケルは、その声《こえ》を無視《むし》して穴《あな》の中《なか》へ入《はい》った。這《は》うようにして進《すす》んでいく姿《すがた》を見《み》て、五人《にん》とも、しぶしぶ後《あと》をついていくことにした。

しばらく行《い》くと、急《きゅう》に広《ひろ》い空間《くうかん》があらわれた。

そこには、タケルが落《お》としたおにぎりをうまそうに食《た》べている何匹《なんびき》ものネズミがいた。

「ここはネズミ天国《てんごく》だよ」

と声《こえ》がした。

「どうして、こんなにたくさんのネズミがいるの?」

ミユが聞《き》いた。

「それは、もうじき大雨《おおあめ》になるからさ。大雨《おおあめ》になると洪水《こうずい》でネズミは死《し》んじゃうだろ。だからここに避難《ひなん》しにきたのさ。ここにいればだいじょうぶなんだ」

突然不思議《とつぜんふしぎ》な世界《せかい》に迷《まよ》い込《こ》んでしまった六人《にん》は、声《こえ》も出《で》ない。

「もうじき大雨《おおあめ》が降《ふ》るって、本当《ほんとう》かな?」

シンゴがタケルの顔《かお》を見《み》た。

「わかんないよ」

「早《はや》くここから出《で》ようぜ、ヤバイよ」

コージに言《い》われて、タケルは、もと来《き》た道《みち》へ戻《もど》ろうとしたが、すでにその道《みち》は大《おお》きな岩《いわ》にふさがれてしまっていた。

「どうする？　おれたち閉《と》じ込《こ》められた」

シンゴが声《こえ》を上《あ》げた。

「だからヤバイって言《い》ったのに」

コージは今《いま》にも泣《な》き出《だ》しそうだ。

その道《みち》をふさいでいる大《おお》きな岩《いわ》には、なにか紋章《もんしょう》のようなマークが描《か》かれていた。

「これは……」

タケルはその小《ちい》さな三角形《さんかくけい》を組《く》み合《あ》わせた文字《もじ》のようなマークに見覚《みおぼ》えがあった。

運動会《うんどうかい》の日《ひ》、穴《あな》へ手《て》を突《つ》っ込《こ》んだ時《とき》についたマークとそっくりだった。

そう気《き》がついた瞬間《しゅんかん》、タケルは目《め》の前《まえ》が真《ま》っ暗《くら》になった。

もう一度《いちど》、目《め》を開《あ》けると、みんなが心配《しんぱい》そうにこちらを見下《みお》ろしていた。

「気《き》がついたようね」

マリが真顔《まがお》で言《い》った。

「あれ、ぼくは、いったいどうなったんだ……」

「急《きゅう》に起《お》きないで」

タケルは体《からだ》を起《お》こそうとしたが、ユリにとめられた。

そのまま周《まわ》りを見回《みまわ》すと、タケルは草《くさ》むらに寝《ね》かされていた。

「おまえは屋根《やね》から落《お》ちて、しばらく気絶《きぜつ》していたんだ」

コージが説明《せつめい》した。

「じゃ、あのネズミたちは夢《ゆめ》だったのか……」

タケルは、前《まえ》にマークがついていた手《て》を見《み》てつぶやいた。

「痛《いた》いところはないの？」

ミユが泣《な》きそうな顔《かお》をして、のぞきこんできた。

「ああ、どこも痛《いた》くないよ」

タケルは答《こた》えた。

「念《ねん》のため、病院《びょういん》で検査《けんさ》してもらった方《ほう》がいいわね」

マリたちに連《つ》れられて病院《びょういん》へ行《い》ったが、タケルの体《からだ》は何事《なにごと》もなかった。

きれいな先生は好きですか？
第3章

# 1

「北部小学校《ほくぶしょうがっこう》に赴任《ふにん》して、どれくらいたつんですか?」

河合美子《かわいよしこ》は、職員室《しょくいんしつ》で隣《となり》の席《せき》にいる、北小《きたしょう》の篠田《しのだ》に声《こえ》をかけた。

「わたしはまだ、今年《ことし》入《はい》ったばかりのど新人《しんじん》ですよ」

篠田《しのだ》はきれいな顔《かお》をこちらに向《む》けて答《こた》えた。思《おも》っていたほど、キャリアはないようだ。

女性《じょせい》の目《め》から見《み》ても篠田《しのだ》はチャーミングである。とはいえ、およそ先生《せんせい》になるタイプには見《み》えない。

河合《かわい》は、彼女《かのじょ》がどういう経緯《けいい》で教師《きょうし》をめざしたのか興味《きょうみ》があった。

「失礼《しつれい》ですが、篠田先生《しのだせんせい》はおいくつになられたんですか?」

「今年《ことし》で二十三です」

歳《とし》は河合《かわい》より五つ若《わか》い。

「では大学《だいがく》を出《で》てすぐ?」

「はい、そうなります」

篠田《しのだ》は、にっこり笑《わら》ってうなずいた。

河合《かわい》はかなり驚《おどろ》いた。自分《じぶん》が大学《だいがく》を出《で》たてのころは、もっとおどおどしていて、失敗《しっぱい》ばかり繰《く》り返《かえ》していたような気《き》がする。

「ご両親《りょうしん》はどちらに？」

「田舎《いなか》にいます。大学《だいがく》がこちらだったので、そのまま一人暮《ひとりぐ》らしです」

「それにしても篠田先生《しのだせんせい》の車《くるま》、すごいですね。男性教師《だんせいきょうし》の間《あいだ》でも評判《ひょうばん》になってますよ」

彼女《かのじょ》の愛車《あいしゃ》はドイツ製《せい》のスポーツカーだ。かなり高価《こうか》な車《くるま》で、なりたての教師《きょうし》が簡単《かんたん》に所有《しょゆう》できる代物《しろもの》ではない。

「それはいい意味《いみ》でおっしゃってるんですか、それとも悪《わる》い意味《いみ》ですか？」

篠田《しのだ》は屈託《くったく》なく質問《しつもん》を返《かえ》してきた。

「ええっと……」

河合《かわい》は逆《ぎゃく》に答《こた》えに困《こま》ってしまった。

「やっぱり、少《すこ》し派手《はで》かな～、とは思《おも》ったんですけど、家《いえ》には使《つか》える車《くるま》があれしかなくて」

少《すこ》しどころか完全《かんぜん》に派手《はで》である。

「あの車《くるま》だと、燃費《ねんぴ》もかなりかかるんじゃないですか？」

「はい、そうなんですよ。そのせいか、ガソリンスタンドに頻繁《ひんぱん》に行《い》くので、なんだかそこの店員《てんいん》さんと仲良《なかよ》くなっちゃいました」

篠田《しのだ》の話《はなし》に河合《かわい》は苦笑《くしょう》した。彼女《かのじょ》ならすぐに男性店員《だんせいてんいん》に気《き》に入《い》られて、ハイオク半額《はんがく》でいい

とか、過剰《かじょう》なサービスを受《う》けてそうだ。

なんにせよ、彼女《かのじょ》がお金《かね》に不自由《ふじゆう》していないことはたしかなようだ。

「また、例《れい》の五年生《ねんせい》たちがおかしな競技《きょうぎ》を始《はじ》めたようですよ」

教頭《きょうとう》が職員室《しょくいんしつ》へ顔《かお》を見《み》せると、こちらに近《ちか》づいてきた。

「次《つぎ》はなにになりました？」

篠田《しのだ》は、座《すわ》ったままイスを回《まわ》して教頭《きょうとう》の方《ほう》を向《む》くと、河合《かわい》より先《さき》に聞《き》いた。

「ミスコンだそうです」

「それって、かわいい子《こ》を決《き》めるコンテストですよね？」

河合《かわい》が見上《みあ》げると、教頭《きょうとう》はうなずいた。

「たしか篠田先生《しのだせんせい》のクラスには、すごくかわいい子《こ》がいますよね？」

河合《かわい》は篠田《しのだ》の方《ほう》を見《み》て確認《かくにん》した。

「野中《のなか》のことですか？」

篠田《しのだ》はすぐに答《こた》えた。

「そう、彼女《かのじょ》」

野中美由《のなかみゆ》はだれもが認《みと》める美少女《びしょうじょ》である。

うちの子《こ》どもたちがかわいくないとは言《い》わないが、相手《あいて》はテレビ出演《しゅつえん》もしている、プロのかわいい子《こ》である。

我《わ》がクラスは、なんて不利《ふり》な戦《たたか》いを挑《いど》む羽目《はめ》になったのか。河合《かわい》は天《てん》をあおいだ。

いよいよこれで長《なが》い戦《たたか》いに決着《けっちゃく》がつくかもしれない。

「いえいえ、対決《たいけつ》するのは子《こ》どもたちじゃありませんよ」

ところが、教頭《きょうとう》はふくみ笑《わら》いをしながら頭《かぶり》を振《ふ》った。

「じゃ、勝負《しょうぶ》するのは、だれなんですか？」

教頭《きょうとう》がもったいつけたように言《い》うので、河合《かわい》は身《み》を乗《の》り出《だ》した。

「先生方《せんせいがた》です」

「えっ？」

教頭《きょうとう》が言《い》っていることが理解《りかい》できず、河合《かわい》は聞《き》き返《かえ》した。

「勝負《しょうぶ》するのはお二方《ふたかた》ですよ」

教頭《きょうとう》は、河合《かわい》と篠田《しのだ》の両教師《りょうきょうし》を一度《いちど》に指差《ゆびさ》した。

「わたしたちですか？」

河合《かわい》は思《おも》わず、変《へん》な声《こえ》をあげた。

「そうみたいです。どうやらどちらの担任《たんにん》が美人《びじん》なのかで言《い》い争《あらそ》いになったようです。その結《けっ》果《か》、次《つぎ》の勝負《しょうぶ》はどちらの先生《せんせい》が、おきれいかで決《き》めるそうですよ」

河合《かわい》には予想外《よそうがい》の展開《てんかい》だった。

「そんなことされると、困《こま》っちゃいますよね～」

口《くち》ではそう言《い》いながら、篠田《しのだ》の顔《かお》はまったく困《こま》っていない。それどころかむしろ、余裕《よゆう》の笑《え》みさえ浮《う》かべている。

もう篠田《しのだ》は、完全《かんぜん》に勝《か》つ気《き》でいるようだ。

「あのー、ミスコンって勝敗《しょうはい》は、どう決《き》めるんですか？」

河合《かわい》は、ミスコンのシステムをまったく知《し》らなかったので、あわてて教頭《きょうとう》にたしかめた。

「一般的《いっぱんてき》には、何人《なんにん》かの審査員《しんさいん》が協議《きょうぎ》して決《き》めるんだったと、わたしは記憶《きおく》していますが」

「審査員《しんさいん》ですか……」

ということは、だれが審査《しんさ》するかで勝負《しょうぶ》は決《き》まるということだ。

「子《こ》どもたちは、先生方《せんせいがた》にお願《ねが》いするようなことを言《い》っていたような……」

「ほんとですか！」

教頭《きょうとう》がみなまで言《い》う前《まえ》に、河合《かわい》は席《せき》から立《た》ち上《あ》がった。

そして、職員室《しょくいんしつ》にいた教師《きょうし》たちをざっと見回《みまわ》した。

いったいだれなら、自分《じぶん》に票《ひょう》を入《い》れてくれるだろうか……。

ところが、河合《かわい》が顔《かお》を向《む》けると、ミスコンの話《はなし》に聞《き》き耳《みみ》を立《た》てていたのだろう、次々《つぎつぎ》に教師《きょうし》たちが目《め》をそらしていく。

その一方《いっぽう》で、篠田《しのだ》が手《て》を振《ふ》ると、ほとんどの男《おとこ》たちがニヤけ面《づら》をさらした。

どうやらこの職員室《しょくいんしつ》の男《おとこ》たちは、圧倒的《あっとうてき》に篠田派《しのだは》が占《し》めているようだ。

目《め》をそらしたやつ、全員《ぜんいん》おぼえておくからな！

河合《かわい》は心《こころ》のノートにしっかりと書《か》き込《こ》んだ。

「まあ、勝《か》っても負《ま》けても、子《こ》どもたちのやることですし、あまり気《き》になさらない方《ほう》がいいと思《おも》いますよ」

「そっ、そうですよね……」

河合《かわい》の笑顔《えがお》も引《ひ》きつった。

教頭《きょうとう》も始《はじ》まる前《まえ》から、明《あき》らかに河合《かわい》のフォローに回《まわ》っている。

「なんなら、わたしがあの子《こ》たちにビシっと言《い》って、ミスコンなんてやめさせましょうか？」

篠田《しのだ》がそれを言《い》うと、いやみにしか聞《き》こえない。

「そこまでする必要《ひつよう》はありませんよ。好《す》きにやらせてみましょう。わたしも、結果《けっか》には少《すこ》

し興味《きょうみ》がありますし」

河合《かわい》の闘志《とうし》に火《ひ》がついた。

これは絶対《ぜったい》に負《ま》けられない！

河合《かわい》は篠田《しのだ》をにらみつけた。二人《ふたり》の間《あいだ》に火花《ひばな》が散《ち》った。

## 2

翌朝《よくあさ》、教室《きょうしつ》に入《はい》ってきたクラス担任《たんにん》の河合美子《かわいよしこ》は、やけにめかしこんでいた。

「げっ、先生《せんせい》がスカートはいてるぞ」

ヒロは驚《おどろ》いて、教壇《きょうだん》に立《た》っている河合《かわい》を二度見《にどみ》した。

普段《ふだん》の河合《かわい》はすっぴんで、T《ティー》シャツにトレパンというラフな服装《ふくそう》だが、今日《きょう》は花柄《はながら》のワンピースに化粧《けしょう》まできれいに決《き》めていた。

「今日《きょう》はなにかあるんですか？」

見慣《みな》れない河合《かわい》の姿《すがた》をいぶかしんで、マリが手《て》を上《あ》げた。

「別《べつ》に……、なにもないわよ」

そう言《い》いながらも、河合《かわい》の目《め》は泳《およ》いでいる。

「わかった！　今《いま》からカバ先生《せんせい》とデートだろ」

マサルが叫《さけ》んだ。

カバとは、河合《かわい》と同《おな》じ葵小《あおいしょう》の教師《きょうし》をしている、夫《おっと》のニックネームである。

厳密《げんみつ》に言《い》えば、河合《かわい》の姓《せい》は盛田《もりた》なのだが、盛田先生《もりたせんせい》が二人《ふたり》になるとややこしいので、学校《がっこう》では結婚前《けっこんまえ》の河合《かわい》のままで通《とお》している。

「違《ちが》います。だいたい学校《がっこう》があるのにそんなわけないでしょ」

河合《かわい》は眉《まゆ》をよせた。

「じゃ、なんだよ」

マサルは不機嫌《ふきげん》そうに唇《くちびる》をとがらせた。

「だから……」

「バカだなあ、それぐらい察《さっ》しろよ」

河合《かわい》が答《こた》える前《まえ》にヤスオが口《くち》を挟《はさ》んだ。

「察《さっ》するって、なにを？」

マサルはまだピンとこない。

「北小《きたしょう》の篠田先生《しのだせんせい》がきれいだから、負《ま》けないように、慣《な》れない化粧《けしょう》までして、必死《ひっし》に頑張《がんば》って

るんじゃないか」

「慣《な》れない化粧《けしょう》って……」

河合《かわい》は思《おも》わず苦笑《くしょう》した。

「そうなんですか？」

「ええ、まあ、そうかな〜」

ユリの問《と》いに、河合《かわい》は頭《あたま》をかいた。

「ほらみろ」

ヤスオが得意《とくい》げに胸《むね》を張《は》った。

「それでどうかな、この格好《かっこう》は？」

河合《かわい》は開《ひら》き直《なお》って、みんなに意見《いけん》を求《もと》めた。

「……」

ところが教室《きょうしつ》は、逆《ぎゃく》に静《しず》まり返《かえ》ってしまった。

「ねえみんな、なにかないの？」

河合《かわい》はもう一度《いちど》だけたしかめてみた。

「正直《しょうじき》言《い》って、微妙《びみょう》です」

言《い》いにくそうにしながら、やっとマリが答《こた》えた。

「えっ、そうなの？」

河合《かわい》はすっとんきょうな声《こえ》をあげた。

「その服自体《ふくじたい》は悪《わる》くないんですけど、先生《せんせい》のキャラに合《あ》ってないっていうか……」

今度《こんど》はユリが言《い》った。

「合《あ》ってないって……、店員《てんいん》さんはすごくお似合《にあ》いですって言《い》ってたのよ！」

「あの人《ひと》たちはみんなそう言《い》います」

クールにユリが言《い》い放《はな》った。

「うっそ〜、五万《まん》もしたのに〜」

河合《かわい》は教壇《きょうだん》で地団駄《じだんだ》を踏《ふ》んでいる。

どうやら買《か》ったばかりのワンピースだったようだ。

「先生《せんせい》は、かわいい系《けい》より、かっこいい系《けい》なんですよ。だからそういうコーディネートにするべきだと思《おも》いますよ」

ユリの意見《いけん》に、女子《じょし》たちはみんなうなずいている。

「いっそショートカットにして金髪《きんぱつ》に染《そ》めちゃうってのはどう？」

マリが無茶《むちゃ》なことを言《い》うと、

「それいい！」

女子《じょし》たちが奇声《きせい》をあげた。

「でも、投票《とうひょう》するのは、ほとんど男《おとこ》の先生《せんせい》たちになったんでしょ。かっこいい系《けい》の女子《じょし》は男《おとこ》の

人《ひと》にはあまりモテないって聞《き》いたことがあるよ」

二郎《じろう》が言《い》うと、今度《こんど》は男子《だんし》たちがうなずいた。

「なによ、その投票《とうひょう》って？」

マリが口《くち》をはさんだ。

「次《つぎ》の勝負《しょうぶ》は、北小《きたしょう》の篠田《しのだ》先生《せんせい》と河合《かわい》先生《せんせい》でミスコン対決《たいけつ》することにしたんだ」

二郎《じろう》が言《い》った。

「そんな話《はなし》、聞《き》いてないんだけど」

マリは眉《まゆ》をひそめた。

「ぼくはさっき聞《き》いたんだけど、きみたちは聞《き》いてないの？」

「聞《き》いてない！」

女子《じょし》たちが声《こえ》をあわせた。

「いったい、どういうこと？」

マリたちに詰《つ》め寄《よ》られて、二郎《じろう》はたじたじだ。

「知《し》らないよ、ぼくが決《き》めたわけじゃないし……」

そう言《い》いながら二郎《じろう》は、マサルの方《ほう》をちらっと見《み》た。

「昨日《きのう》の帰《かえ》り、急《きゅう》に決《き》まったんだ。仕方《しかた》ないだろ」

マサルが、悪気《わるぎ》なさそうに言《い》った。

元々《もともと》、このミスコン対決《たいけつ》は、マサルとヒロが取《と》りつけてきた話《はなし》だった。

「最初《さいしょ》に、あいつらが河合先生《かわいせんせい》って美人《びじん》だねって言《い》ってきたから、いやいやそんなことないだろ、それより篠田先生《しのだせんせい》の方《ほう》がずっと美人《びじん》じゃないかって言《い》い争《あらそ》いになったんだ。じゃあミスコンやって決着《けっちゃく》つけようぜ、ってことになったわけさ」

マサルは事《こと》の経緯《けいい》をざっと説明《せつめい》した。

「じゃあ、そのミスコンとやらの審査員《しんさいん》が、ほとんど男《おとこ》の先生《せんせい》になったってどういうことよ？」

マリがぶっきらぼうに問《と》いただした。

「くじを作《つく》って選《えら》んだら、たまたま男《おとこ》の先生《せんせい》がほとんどになったんだよ」

今度《こんど》はヒロが答《こた》えた。

「最初《さいしょ》は、学校《がっこう》の先生全員《せんせいぜんいん》に審査《しんさ》してもらうつもりだったんだけど、十八台《だい》の机《つくえ》と先生《せんせい》の数《かず》が合《あ》わないから、一票《ぴょう》ごとに机《つくえ》が三台《だい》ずつ移動《いどう》することにして先生《せんせい》を六人《にん》に絞《しぼ》ったんだ」

したり顔《がお》でマサルが言《い》った。

「六人《にん》のうち、男《おとこ》の先生《せんせい》は何人《なんにん》なの？」

ユリがあきれながら聞《き》いた。

「五人《にん》だ」

「そういうのは、せめて男女同《だんじょおな》じ数《かず》にするものじゃない？」

「いや、審査員《しんさいん》は男《おとこ》の先生《せんせい》が多《おお》い方《ほう》がいいんだ」

マリが聞《き》くと、ヒロがおかしなことを言《い》い出《だ》した。

「なんで?」

「篠田先生《しのだせんせい》は男《おとこ》の先生《せんせい》に人気《にんき》ありそうだから、おれたちが言《い》ったとおり、たぶん勝《か》つだろう」

「ちょっと待《ま》って。てことは、篠田先生《しのだせんせい》がミスコン対決《たいけつ》で勝《か》つと、こっちの勝《か》ちってことなの?」

話《はなし》のつじつまが合《あ》わないので、マリは顔《かお》をしかめた。

「そんなわけないだろ、篠田先生《しのだせんせい》はあっちの先生《せんせい》なんだから」

ヒロがきっぱりと否定《ひてい》した。

「おかしいじゃない。篠田先生《しのだせんせい》はあんたたちが美人《びじん》だって言《い》ったんでしょ。篠田先生《しのだせんせい》が勝《か》ったらあんたたちの勝《か》ちじゃない」

「あれ?」

「そうか?　そうだな……」

今《いま》ごろになって、マサルとヒロは自分《じぶん》たちの勘違《かんちが》いに気《き》づいたようだ。

「もお!」

マリは頭《あたま》をかかえた。

「なんだか、聞《き》いていたのとずいぶん話《はなし》が違《ちが》うんですけど……」

河合《かわい》は、ぼそっとつぶやいた。

「カバ先生《せんせい》はどうなっているの？」

「たしか、入《はい》っていたはずだ」

マリが聞《き》くと、マサルが答《こた》えた。

子《こ》どもたちにカバ先生《せんせい》と慕《した》われている盛田《もりた》は、河合先生《かわいせんせい》の旦那《だんな》さんである。

運良《うんよ》く盛田《もりた》は、くじで審査員《しんさいん》に選《えら》ばれていた。

「カバ先生《せんせい》が審査員《しんさいん》に入《はい》っているなら、少《すく》なくともこっちに一票《ぴょう》はあるはず」

ユリが言《い》った。

「そうだ、こっちにはカバがいたぜ！」

しゅんとしていた、マサルとヒロの顔《かお》がぱっと明《あか》るくなった。

## 3

「ちょっと、先生《せんせい》いい？」

放課後《ほうかご》、マサル、ヒロ、ヤスオは、音楽室《おんがくしつ》にいた盛田《もりた》を訪《たず》ねた。

盛田《もりた》はデブでのっそりしているが、おもしろくてやさしい先生《せんせい》で、滅多《めった》なことでは怒《おこ》らない。河合《かわい》に一目《ひとめ》ぼれし、つい最近《さいきん》やっと結婚《けっこん》したばかりである。

「みんなどうした?」

ピアノの前《まえ》に座《すわ》っていた盛田《もりた》がこちらに顔《かお》を向《む》けた。

「相談《そうだん》したいことがあって……」

ほかのだれかに聞《き》かれてはまずい。だれにも見《み》られていないことを確認《かくにん》してから、三人《にん》はそっと音楽室《おんがくしつ》に入《はい》った。

「おれたちがミスコンをやることは知《し》ってますか?」

ヤスオがいきなり切《き》り出《だ》した。

「ああ、もちろん」

盛田《もりた》はにっこり笑《わら》ってうなずいた。

「だったら話《はなし》が早《はや》い」

ヤスオが盛田《もりた》のそばまで寄《よ》った。

「じゃあこれ」

マサルは、盛田《もりた》に青《あお》いビー玉《だま》と赤《あか》いビー玉《だま》を手渡《てわた》した。

「このビー玉《だま》をどうするんだい?」

盛田《もりた》はしげしげと手《て》の上《うえ》のビー玉《だま》を見《み》た。

「あさって、おれたちのだれかが回収《かいしゅう》しにいくから、青《あお》なら河合先生《かわいせんせい》、赤《あか》なら篠田先生《しのだせんせい》がいいってことになるんで、そいつに、好《す》きな方《ほう》を渡《わた》してくれよ」

ヤスオが説明《せつめい》した。

ミスコンの審査期間《しんさきかん》は二日《ふつか》、審査員《しんさいん》の先生《せんせい》たちが魅力的《みりょくてき》だと思《おも》う方《ほう》へ投票《とうひょう》してもらう。

「これは、いらないかな」

盛田《もりた》は、赤《あか》いビー玉《だま》をヤスオに突《つ》き返《かえ》した。

「悪《わる》いけど、優勝《ゆうしょう》は河合先生《かわいせんせい》がいただくよ」

河合先生《かわいせんせい》が負《ま》けるなんて、これっぽっちも思《おも》ってないようだ。

「まあそうなれば、こっちはなんの問題《もんだい》もないんだけど、かなりきつい状況《じょうきょう》なんだ」

ヒロがそう言《い》うと、盛田《もりた》の表情《ひょうじょう》がくもった。

審査員《しんさいん》の内訳《うちわけ》は、男《おとこ》の先生《せんせい》が五人《にん》、女《おんな》の先生《せんせい》が一人《ひとり》。男性教師《だんせいきょうし》は盛田《もりた》をふくめて、みんな葵小《あおいしょう》の先生《せんせい》なので、頭数《あたまかず》でいえば河合《かわい》の方《ほう》が、顔見知《かおみし》りが多《おお》い分《ぶん》だけ有利《ゆうり》だといえる。しかし女《おんな》の先生《せんせい》が、よりによって北小《きたしょう》の先生《せんせい》だったのが痛《いた》い。本来《ほんらい》なら望《のぞ》めるはずの女性票《じょせいひょう》は、あちらにいく可能性《かのうせい》が高《たか》い。

「そんなわけないだろ。彼女以上《かのじょいじょう》にきれいな人《ひと》がこの世《よ》にいるわけがないじゃないか」

盛田《もりた》は激《はげ》しく頭《かぶり》を振《ふ》った。

「そりゃあ、自分《じぶん》の奥《おく》さんが一番《いちばん》だと思《おも》っているのはいいことだけど、ほかの先生《せんせい》たちはかな

り北小《きたしょう》の篠田《しのだ》先生《せんせい》を推《お》してるみたいなんだ」

ヤスオは現状《げんじょう》を説明《せつめい》した。

「たしかに篠田《しのだ》先生《せんせい》も魅力的《みりょくてき》ではあるけれど、河合《かわい》先生《せんせい》ほどではないだろ」

盛田《もりた》には納得《なっとく》がいかないようだ。

「いや、正直《しょうじき》言《い》って、河合《かわい》先生《せんせい》が勝《か》てる見込《みこ》みはあんまりないよ」

「きみたち、いろいろと失礼《しつれい》だな」

温厚《おんこう》な盛田《もりた》も、さすがに眉《まゆ》をひそめた。

「仕方《しかた》ないよ。河合《かわい》先生《せんせい》は結婚《けっこん》しているんだから。勝負《しょうぶ》が互角《ごかく》でも、あっちは独身《どくしん》、フリーな女《おんな》の人《ひと》の方《ほう》が、男《おとこ》はみんな好《す》きなんだし」

本当《ほんとう》は、盛田《もりた》と結婚《けっこん》していることが河合《かわい》先生《せんせい》の足《あし》を引《ひ》っ張《ぱ》っていると言《い》いたかった。だから、これでもヤスオは控《ひか》え目《め》にしたつもりだった。

「……」

やけにシビアなことを言《い》う小学生《しょうがくせい》に、盛田《もりた》は思《おも》わず言葉《ことば》を飲《の》み込《こ》んだ。

「そこで相談《そうだん》なんだけど、篠田《しのだ》先生《せんせい》になびいてるほかの先生《せんせい》たちを、なんとかミスコンでは河合《かわい》先生《せんせい》に票《ひょう》を入《い》れるように説得《せっとく》してくれないかな」

ヤスオは、真顔《まがお》でとんでもないことを言《い》い出《だ》した。

「それは、なかなかの難問《なんもん》だぞ」

「これは河合先生《かわいせんせい》のためでもあるんだよ。奥《おく》さんのメンツのためにも、ここはなんとか頑張《がんば》ってほしいんだ」

ヒロは手《て》を合《あ》わせた。

「そうだなあ。しかし、ほかの先生方《せんせいがた》を説得《せっとく》するって言《い》ったって、具体的《ぐたいてき》になにをしていいのやら」

盛田《もりた》は首《くび》をかしげた。

「相手《あいて》が喜《よろこ》びそうなものをプレゼントするとか、弱《よわ》みを握《にぎ》って脅《おど》すとか、やり方《かた》は任《まか》せるよ。手伝《てつだ》えることがあったらなんでもやるから言《い》ってよね」

ヤスオは言《い》った。

「おいおい、無茶苦茶《むちゃくちゃ》なこと言《い》うなあ」

盛田《もりた》は苦笑《くしょう》するしかない。

「とにかく、やれることはやらないと」

ヤスオが念《ねん》を押《お》した。

「わかった。できるだけのことはしてみるつもりだ」

盛田《もりた》の返事《へんじ》を聞《き》いてから、マサルとヒロとヤスオは音楽室《おんがくしつ》を後《あと》にした。

「次《つぎ》は篠田《しのだ》を調《しら》べるぞ」

ヤスオはそう言《い》うと、廊下《ろうか》を走《はし》り出《だ》した。

「調《しら》べるってなにを?」

横《よこ》に並《なら》んだヒロが聞《き》いた。

「あんなチャラチャラした先生《せんせい》なら、たたけばなにかしらほこりが出《で》てくるに決《き》まってるぜ」

廊下《ろうか》を走《はし》りながらヤスオが言《い》った。

「なるほど。相手《あいて》のスキャンダルを暴《あば》くってわけだな」

後《うし》ろからマサルが追《お》いついてきた。

「そうだ。あっちにも彼氏《かれし》がいるってことになれば、河合先生《かわいせんせい》も十分互角《じゅうぶんごかく》に戦《たたか》えるぜ」

教室《きょうしつ》に戻《もど》って荷物《にもつ》を取《と》ると、三人《にん》はすぐに校舎《こうしゃ》からとび出《だ》した。

「家《いえ》に戻《もど》ったら、自転車《じてんしゃ》に乗《の》ってすぐにここに集合《しゅうごう》な」

三人《にん》は申《もう》し合《あ》わせて、学校《がっこう》の裏門《うらもん》の前《まえ》で別《わか》れた。


三十分後《ぶんご》、マサル、ヒロ、ヤスオの三人《にん》は駐車場《ちゅうしゃじょう》の物陰《ものかげ》に隠《かく》れて、篠田《しのだ》が学校《がっこう》から帰《かえ》るのを待《ま》っていた。

「あの先生《せんせい》の後《あと》をつけるのはいいとして、相手《あいて》はスポーツカーだぜ。こんなボロ自転車《じてんしゃ》で追《お》いかけられるのかよ?」

ヒロがもっともなことを口《くち》にした。

「この時間《じかん》、道《みち》はどこも渋滞《じゅうたい》さ。道《みち》がすいてなきゃスポーツカーなんて宝《たから》の持《も》ちぐされだぜ」

ヤスオの言《い》うとおり、夕方《ゆうがた》この辺《あた》りはどこの道《みち》も混雑《こんざつ》している。車《くるま》で移動《いどう》するより自転車《じてんしゃ》の方《ほう》が早《はや》いというのはよくあることだ。

「出《で》てきたぜ」

二人《ふたり》が話《はな》している間《あいだ》も、ちゃんと見張《みは》っていたマサルが二人《ふたり》の肩《かた》をたたいた。

篠田《しのだ》は荷物《にもつ》を放《ほう》り込《こ》むと、車《くるま》にすっと乗《の》り込《こ》んだ。そして、三人《にん》の目《め》の前《まえ》を真《ま》っ赤《か》なスポーツカーが派手《はで》なエンジン音《おん》を上《あ》げて通《とお》り過《す》ぎていった。

しかし、ヤスオの予想《よそう》どおり、篠田《しのだ》の車《くるま》はすぐ渋滞《じゅうたい》に引《ひ》っかかった。これでは自転車《じてんしゃ》どころか歩《ある》いた方《ほう》が早《はや》いくらいである。

三人《にん》は少《すこ》し距離《きょり》をおきながら、篠田《しのだ》の車《くるま》を追《お》いかけた。

不意《ふい》に篠田《しのだ》の車《くるま》がウインカーを点滅《てんめつ》させた。

「あそこに入《はい》るみたいだ」

見《み》たとおりのことをヒロが言《い》った。

篠田《しのだ》は車《くるま》をコンビニの駐車場《ちゅうしゃじょう》に停《と》め、店内《てんない》に入《はい》ってしばらくすると、大量《たいりょう》の荷物《にもつ》を抱《かか》えて戻《もど》ってきた。

かなり重《おも》そうである。

「あんなにたくさん一人《ひとり》で食《た》べるのか？」

ヤスオが首《くび》をかしげた。

「はあ？　あれくらい普通《ふつう》じゃないか」

　マサルとヒロが言《い》った。

「いや、いや。一人《ひとり》であれだけ食《く》えるのは、おまえらくらいだぜ」

　ヤスオはあきれ顔《がお》だ。

「そうなのか？」

　マサルとヒロは顔《かお》を見合《みあ》わせる。

「普通《ふつう》はそうなんだ。きっとあれは彼氏《かれし》の分《ぶん》だ。あの先生《せんせい》に彼氏《かれし》がいるとなれば、男《おとこ》の先生《せんせい》たちもきっと目《め》をさますぜ」

　ヤスオはニヤリと笑《わら》った。

「これから、どうするんだ？」

　マサルはヤスオに聞《き》いた。

「あの先生《せんせい》と彼氏《かれし》が仲良《なかよ》く並《なら》んでいるところの写真《しゃしん》でも撮《と》れたら最高《さいこう》なんだけど。そうだ。ヒロ、あれは持《も》ってきてくれたか？」

「ああ、持《も》ってきたぜ」

　ヒロはヤスオに携帯電話《けいたいでんわ》を手渡《てわた》した。

「おお、これこれ」

「こんなもの使《つか》えるのか？」

ヤスオに頼《たの》まれていたのは、姉《あね》が機種《きしゅ》を変更《へんこう》してから使《つか》わなくなった古《ふる》い携帯電話《けいたいでんわ》だ。それでも、持《も》ち出《だ》したのがバレたら大目玉《おおめだま》だ。

「たしかに電話《でんわ》はかけられないけど、カメラは別《べつ》で使《つか》えるはずだぜ」

ヤスオは携帯電話《けいたいでんわ》に電源《でんげん》を入《い》れると、カメラを起動《きどう》させた。

「だいじょうぶだ。これでいけるぜ」

ヤスオは小躍《こおど》りしている。

「そろそろ出《で》るぞ」

マサルがヤスオに声《こえ》をかけた。

篠田《しのだ》が車《くるま》に乗《の》り込《こ》むと、追跡《ついせき》が再《ふたた》び始《はじ》まった。

コンビニから一キロほど進《すす》んで、篠田《しのだ》の車《くるま》は細《ほそ》い横道《よこみち》に入《はい》った。すると、いきなり前方《ぜんぽう》がひらけ、車《くるま》はぐんぐん加速《かそく》して、ヤスオたちはあっという間《ま》に引《ひ》き離《はな》された。

「とばすぞ！」

マサルのかけ声《ごえ》で、三人《にん》は目一杯《めいっぱい》ペダルを踏《ふ》み込《こ》んで追《お》いすがった。

「もおお、限界《げんかい》だ〜」

ヤスオはギブアップ寸前《すんぜん》だったが、百メートルほど先《さき》で、篠田《しのだ》の車《くるま》が左《ひだり》の細《ほそ》い路地《ろじ》に入《はい》るのがなんとか見《み》えた。

息《いき》も絶《た》え絶《だ》えになりながら、車《くるま》が曲《ま》がった所《ところ》までたどり着《つ》くと、そこは三人《にん》にとって見覚《みおぼ》え

のある場所《ばしょ》だった。

「これって、北小《きたしょう》じゃないか」

マサルは肩《かた》で息《いき》をしながら北部小学校《ほくぶしょうがっこう》の校舎《こうしゃ》を見上《みあ》げた。

篠田《しのだ》の車《くるま》は、ちょうど開《あ》けてもらった校門《こうもん》をくぐるところだ。

三人《にん》はこっそり北小《きたしょう》の中《なか》をのぞくと、篠田《しのだ》は作業員《さぎょういん》たちに、聖母《せいぼ》のような笑顔《えがお》で飲《の》み物《もの》を差《さ》し入《い》れしていた。

「どうすんだ！　スキャンダルどころか、すげえいい人《ひと》じゃないか！」

マサルは頭《あたま》をかかえ、

「うおお、もうなんか写真《しゃしん》、撮《と》っちゃお」

ヤスオは感動《かんどう》シーンの撮影《さつえい》をする始末《しまつ》。

「もう、こっちの負《ま》けでいいだろ」

ヒロは、自分《じぶん》がはじめから篠田派《しのだは》だったのを思《おも》い出《だ》していた。

# 4

教頭《きょうとう》は、何人《なんにん》かの教師《きょうし》たちと連《つ》れ立《だ》って、北小《きたしょう》から来《き》ている男性教師《だんせいきょうし》の稲垣《いながき》との親睦会《しんぼくかい》という名目《めいもく》で、行《い》きつけの居酒屋《いざかや》に立《た》ち寄《よ》った。

この飲《の》み会《かい》にも審査員《しんさいん》に選《えら》ばれている者《もの》が何人《なんにん》かいて、女性《じょせい》の教師《きょうし》がいなかったこともあり、グラスを重《かさ》ねるうち、その場《ば》は自然《しぜん》とミスコンの話題《わだい》で盛《も》り上《あ》がっていた。

「どちらが魅力的《みりょくてき》なのかを審査《しんさ》しろといわれても、いろいろ難《むずか》しい問題《もんだい》がありますよね」

ビー玉《だま》を受《う》け取《と》っている若《わか》い教師《きょうし》の一人《ひとり》がテーブルの上《うえ》に杯《さかずき》を置《お》くと、まずそう切《き》り出《だ》した。

「それこそ保護者《ほごしゃ》に知《し》れたら、女《おんな》を容姿《ようし》で判断《はんだん》するとは何事《なにごと》だとか、女性蔑視《じょせいべっし》だとか、面倒《めんどう》なことになりかねませんよ」

そう言《い》って頭《あたま》をかかえた。

「まあ、そうでしょうな」

みんな一様《いちよう》にうなずいている。

そのことに関《かん》しては、どの教師《きょうし》たちも異論《いろん》はないようだ。

「まあ、その話《はなし》はひとまず置《お》いておいて、ここだけの話《はなし》をしましょうよ。単純《たんじゅん》に見《み》た目《め》で判断《はんだん》

するのなら、河合先生《かわいせんせい》には、如何《いかん》せん色気《いろけ》というものがない。そこが痛《いた》いんだ」

年配《ねんぱい》のベテラン教師《きょうし》が、子《こ》どもたちから預《あず》かったビー玉《だま》をもてあそびながら言《い》った。

「正直《しょうじき》、河合先生《かわいせんせい》には、女《おんな》らしさは皆無《かいむ》ですからね」

もう一人《ひとり》の若《わか》い教師《きょうし》が呼応《こおう》した。

ざっくばらんでさばさばした性格《せいかく》が河合《かわい》の良《よ》さでもあるが、化粧《けしょう》もせず、いつも、野暮《やぼ》ったいジャージを着《き》て校内《こうない》をうろついている。

「その点《てん》、篠田先生《しのだせんせい》は愛嬌《あいきょう》があるし、着《き》ている服《ふく》の仕立《した》ても良《よ》さそうで、お洒落《しゃれ》にしている」

ベテラン教師《きょうし》が篠田《しのだ》を評《ひょう》した。

「じゃあ、やはり篠田《しのだ》ですか？」

北小《きたしょう》の稲垣《いながき》が、葵小側《あおいしょうがわ》の顔色《かおいろ》をうかがった。

「まあ、そうなりますか」

ベテラン教師《きょうし》がうなずいた。

「それに、河合先生《かわいせんせい》は盛田先生《もりたせんせい》と結婚《けっこん》していらっしゃいますし、今《いま》さらミスっていうのもないんじゃないかって思《おも》うんですよね」

お酒《さけ》が回《まわ》って口《くち》が滑《なめ》らかになった、若手教師《わかてきょうし》が言《い》った。

たしかにこれは厳密《げんみつ》に言《い》えば、ミス&《アンド》ミセスコンテストということになる。

今回《こんかい》は、あえてそのことを無視《むし》して考《かんが》えることになってはいるが、ついつい気《き》になってしまうのも仕方《しかた》がない。

「盛田先生《もりたせんせい》といえば、先《さき》ほどわたしのところへ来《き》て、河合先生《かわいせんせい》をお願《ねが》いしますと、土下座《どげざ》するんですよ。あれには参《まい》りました」

教頭《きょうとう》はそう言《い》って、ため息《いき》をついた。

「ああ、こっちにも来《き》ました。票《ひょう》が全然《ぜんぜん》入《はい》らなかったら河合先生《かわいせんせい》が自信《じしん》をなくすから、お願《ねが》いしますと何度《なんど》も頭《あたま》を下《さ》げられました」

ベテラン教師《きょうし》は苦笑《くしょう》している。

「はい。盛田先生《もりたせんせい》は、ぼくらのところにも来《き》ました」

若《わか》い二人《ふたり》も手《て》を上《あ》げた。

「このぶんだと、盛田先生《もりたせんせい》は全員《ぜんいん》のところへ行《い》ってますね」

ベテラン教師《きょうし》が言《い》った。

「北小《きたしょう》の先生《せんせい》は、どうするおつもりなんでしょう？」

教頭《きょうとう》は北小《きたしょう》の稲垣《いながき》に話《はなし》をふった。

「そこは同僚《どうりょう》ですから、篠田《しのだ》に入《い》れるつもりのようですよ」

稲垣《いながき》はきっぱり答《こた》えた。

彼《かれ》は審査員《しんさいん》ではないが、選《えら》ばれている女性教師《じょせいきょうし》から話《はなし》は聞《き》いているようだ。

「そこなんですよ、我々《われわれ》も河合先生《かわいせんせい》は同僚《どうりょう》ですから、入《い》れたのが盛田先生《もりたせんせい》だけという結果《けっか》にな

るのは角《かど》が立《た》つというか、どうしても避《さ》けたいんですよ」

教頭《きょうとう》は後々《のちのち》のことを考《かんが》えて、そう打《う》ち明《あ》けた。

「では、我々《われわれ》で二人《ふたり》が同票《どうひょう》になるように票《ひょう》を操作《そうさ》するしかないですな」

ベテラン教師《きょうし》が声《こえ》のトーンを下《さ》げると、教頭《きょうとう》はうなずいた。

「北小《きたしょう》の先生《せんせい》は篠田先生《しのだせんせい》に入《い》れるとして、盛田先生《もりたせんせい》は河合先生《かわいせんせい》。なので後《あと》の数合《かずあ》わせは、みなさんお願《ねが》いします」

教頭《きょうとう》はそれぞれの顔《かお》をみまわした。

「わかりました、ぼくらが票《ひょう》を分《わ》けます」

若《わか》い二人《ふたり》がそろってうなずいた。

「では、わたしと教頭先生《きょうとうせんせい》で票《ひょう》を分《わ》けることにしましょうかね」

男《おとこ》たちの談合《だんごう》をベテラン教師《きょうし》がしめくくった。

「これで、なんとか肩《かた》の荷《に》が下《お》ろせそうだ」

教頭《きょうとう》は、ふーっと長《なが》い息《いき》を吐《は》くと、

「本来《ほんらい》なら、ミスコン自体《じたい》をやめさせることもできるんでしょうが、あの悪《ワル》ガキたちがおとなしく引《ひ》くとも思《おも》えません。できれば、こちらがコントロールできる範囲《はんい》で収拾《しゅうしゅう》をつけたいものです」

とつづけた。

「おっしゃるとおりです」

ベテラン教師《きょうし》がうなずいた。

つくづく教頭《きょうとう》とは気苦労《きぐろう》の多《おお》い仕事《しごと》である。

「あら、先生方《せんせいがた》」

「篠田《しのだ》先生《せんせい》！」

教頭《きょうとう》たちは不意《ふい》に後《うし》ろから声《こえ》をかけられた。

「外《そと》を通《とお》りかかったら、知《し》った声《こえ》が聞《き》こえた気《き》がしたんで入《はい》ってきちゃいました」

篠田《しのだ》は微笑《ほほえ》んでから、チラっと舌《した》を出《だ》した。

「もしかして我々《われわれ》の話《はなし》を聞《き》いてました？」

教頭《きょうとう》はうろたえている。

「よくは聞《き》こえなかったんですが、何《なに》かの悪《わる》だくみですか？」

篠田《しのだ》は小首《こくび》をかしげて聞《き》いた。

「いえいえ、別《べつ》にそういうわけでは……」

明《あき》らかにみんなしどろもどろになっている。

「そんなことより、わたしもまぜてくださいません？」

返事《へんじ》も聞《き》かずに、篠田《しのだ》はむりやり男《おとこ》たちの間《あいだ》に割《わ》り込《こ》んできた。

「今日《きょう》は飲《の》みましょう！」

それから男《おとこ》たちが篠田《しのだ》に骨抜《ほねぬ》きにされたのは、言《い》うまでもない。

## 5

廊下《ろうか》で、二人《ふたり》の女性教師《じょせいきょうし》を取《と》り巻《ま》くようにして、投票《とうひょう》の結果《けっか》を待《ま》つ両校《りょうこう》の子《こ》どもたち。

職員室《しょくいんしつ》に置《お》いてきた投票用《とうひょうよう》の缶《かん》を、ヒロと、北小《きたしょう》のコージが回収《かいしゅう》に出《で》かけていった。放課後《ほうかご》には先生《せんせい》たちが好《す》きな方《ほう》のビー玉《だま》を入《い》れて、投票《とうひょう》を済《す》ませておいてくれることになっている。

「ちょっと仕事《しごと》を思《おも》い出《だ》した……」

「まだ結果《けっか》は、わからないでしょ」

逃《に》げ出《だ》そうとする河合《かわい》をヤスオが引《ひ》き止《と》めた。

「先生《せんせい》が逃《に》げ出《だ》したい気持《きも》ちもわからないではないよ。あっちの先生《せんせい》、町《まち》でもかなり評判《ひょうばん》がいいみたいだから」

葵町《あおいちょう》の商店街《しょうてんがい》にある古書店《こしょてん》「不味堂《ふまいどう》」の娘《むすめ》、サキが、北小《きたしょう》の児童《じどう》たちに取《と》り囲《かこ》まれている篠《しの》田《だ》をちらちらと見《み》ながら、向《む》こうに聞《き》こえないように小声《こごえ》で言《い》った。

「ああ、そのうわさはおれも聞《き》いた。うちのおやじが商品《しょうひん》をオマケしまくったみたいで、母《かあ》ちゃんから大目玉《おおめだま》くらってたよ」

八百屋《やおや》「八百正《やおまさ》」の息子《むすこ》、マサルが頭《あたま》をかいた。

「北小《きたしょう》の工事現場《こうじげんば》にはケンタんちのケーキを買《か》って、よく差《さ》し入《い》れしているんだろ？」

ヤスオが言《い》うと、

「若《わか》いのによくできた先生《せんせい》だと、うちのおじいさんも言《い》ってたよ」

洋菓子店《ようがしてん》「ボン」の息子《むすこ》、ケンタも続《つづ》いた。

「こっちにもなにか勇気《ゆうき》が出《で》るような情報《じょうほう》はないの？」

河合《かわい》はクラスの子《こ》どもたちを見回《みまわ》した。

「そういえば、あの先生《せんせい》は昨日《きのう》、近所《きんじょ》の居酒屋《いざかや》で男《おとこ》の人《ひと》をたくさんはべらかして上機嫌《じょうきげん》だったらしいですよ」

二郎《じろう》が手《て》を上《あ》げた。

「それ、どこの情報《じょうほう》だ？」

ヤスオが目《め》をむいた。

「うちのお父《とう》さんが仕事帰《しごとがえ》りに見《み》かけたんだって」

すぐに二郎《じろう》が答《こた》えた。

篠田《しのだ》は運動会《うんどうかい》の徒競走《ときょうそう》でスターターをやって以来《いらい》、保護者《ほごしゃ》からも評判《ひょうばん》になっている。

「う～ん。ああ見《み》えて、なかなかの遊《あそ》び人《にん》ってことか？」

ヤスオがうなり声《ごえ》をあげた。

「その情報《じょうほう》を、投票《とうひょう》より先《さき》に伝《つた》えておけばよかったな」

マサルが言《い》うと、

「その一緒《いっしょ》に飲《の》んでいた男《おとこ》たちって、先生《せんせい》たちだよ。男《おとこ》の先生《せんせい》たちの親睦会《しんぼくかい》だったらしいんだけど、いきなり乗《の》り込《こ》んできて、みんな丸《まる》め込《こ》まれちゃったらしいよ」

さめた目《め》でユリが言《い》った。

ユリとマリの双子《ふたご》は、そば屋《や》「長寿庵《ちょうじゅあん》」の娘《むすめ》だ。双子《ふたご》の母親《ははおや》は情報通《じょうほうつう》で、そば屋《や》の常連客《じょうれんきゃく》からさまざまな町《まち》のうわさを仕入《しい》れている。

「ええ～っ、じゃもう勝《か》ち目《め》はないじゃんか」

マサルがつい大《おお》きな声《こえ》を出《だ》してしまい、北小側《きたしょうがわ》から白《しろ》い目《め》でみられた。

「そうなの、マリ？」

サキはずっとだまっているマリに尋《たず》ねた。

「どうなんだろ……」

マリはまともに答《こた》えず、興味《きょうみ》なさそうに目《め》をそらしただけだった。

サキは、それ以上《いじょう》マリに聞《き》かなかった。ほとんどの女子《じょし》がそうだったが、特《とく》にマリはこの勝《しょう》負《ぶ》に乗《の》り気《き》でないことを知《し》っていたからだ。

「心配《しんぱい》するなって、カバ先生《せんせい》の一票《ぴょう》は絶対《ぜったい》にあるから」

マサルが河合《かわい》の肩《かた》をたたいた。

「そう、わたしには旦那《だんな》さんがいれば十分《じゅうぶん》よ」

そう言《い》いながらも、河合《かわい》の表情《ひょうじょう》はかたかった。

「お～い。ちゃんと入《はい》ってるぞ～」

しばらくするとヒロとコージが、カラカラとビー玉《だま》の入《はい》った缶《かん》を振《ふ》りながら職員室《しょくいんしつ》から戻《もど》ってきた。

子《こ》どもたちはいっせいに二人《ふたり》のもとに駆《か》け寄《よ》った。

「先生《せんせい》たち、ちゃんと投票《とうひょう》してくれたんだ」

北小《きたしょう》のタケルが不思議《ふしぎ》そうに言《い》った。

どうやら、タケルはこんな遊《あそ》びに先生《せんせい》たちは付《つ》き合《あ》ってくれないと思《おも》っていたらしい。

「じゃあ開《あ》けるぜ」

ヒロは厚紙《あつがみ》で作《つく》った缶《かん》の蓋《ふた》を引《ひ》っぺがすと、用意《ようい》したお盆《ぼん》の上《うえ》に中身《なかみ》をぶちまけた。

ガラガラガラー。

お盆《ぼん》の上《うえ》を勢《いきお》いよくビー玉《だま》が転《ころ》がる。

「うわーっ、青《あお》ばっかり！　やっぱり五対《たい》一だ～」

悪《ワル》ガキたちは頭《あたま》をかかえた。

「違《ちが》うって、青《あお》は河合先生《かわいせんせい》でしょ！」

サキが叫《さけ》んだ。

「そうだよ、五個《こ》あるのは青《あお》いビー玉《だま》だ！　勝《か》ったのは河合先生《かわいせんせい》だよ」

ケンタも叫《さけ》んでいた。

缶《かん》から出《で》てきたビー玉《だま》は、青《あお》が五個《こ》、赤《あか》が一個《こ》だった。

「先生《せんせい》が、勝《か》ちましたよ！」

呆気《あっけ》にとられて口《くち》を開《あ》けている河合《かわい》に、葵小《あおいしょう》の子《こ》どもたちがむらがった。

「みんな、ありがとう……」

河合《かわい》はちょっと涙《なみだ》ぐんでいるように見《み》えた。

「さすがです。わたしの完敗《かんぱい》でしたね」

篠田《しのだ》は河合《かわい》の元《もと》まで来《く》ると、そう言《い》って微笑《ほほえ》んだ。

「いえいえ、同僚《どうりょう》の先生《せんせい》たちが気《き》を使《つか》ってくれたんだと思《おも》いますよ」

謙遜《けんそん》しながらも、河合《かわい》はまんざらでもない顔《かお》をしていた。

「ごめんなさい」

すまなそうな顔《かお》をしたタケルたちが篠田《しのだ》の周《まわ》りに集《あつ》まった。

「先生《せんせい》に恥《はじ》をかかせて……」

「そう思《おも》うんだったら、次《つぎ》はちゃんと勝《か》ちなさいよ」

篠田《しのだ》がはっぱをかけると、

「はい！」

と、タケルたちは声《こえ》をそろえた。

これで、新《あたら》しくてきれいなイスは、ほとんど葵小側《あおいしょうがわ》に移動《いどう》することになる。

「ちょっといいですか？」

帰《かえ》り際《ぎわ》、マリはだれにも聞《き》かれないよう、そっと篠田《しのだ》に話《はな》しかけた。

「篠田先生《しのだせんせい》、一芝居《ひとしばい》うちましたね」

「なんのことかしら？」

篠田《しのだ》は立《た》ち止《ど》まって振《ふ》り返《かえ》った。

「居酒屋《いざかや》でのことです」

「……」

「男《おとこ》の先生《せんせい》たちは、本当《ほんとう》は篠田先生《しのだせんせい》に入《い》れるつもりだった。それを先生《せんせい》がやめさせて、河合先生《かわいせんせい》に入《い》れるように説得《せっとく》しましたよね」

マリは言《い》った。

「なんでそう思《おも》ったの？」

「思《おも》ったんじゃなくて事実《じじつ》です」

マリは真剣《しんけん》な顔《かお》で言《い》った。

居酒屋《いざかや》の店長《てんちょう》はそば屋《や》の常連《じょうれん》である。マリは、居酒屋《いざかや》の店長《てんちょう》から詳細《しょうさい》を聞《き》いていた。

「困《こま》ったなあ」

篠田《しのだ》は小《ちい》さくため息《いき》をついたが、マリは目《め》をそらさない。

「どう考《かんが》えたって、すぐにいなくなるわたしより、ここにずっといる河合先生《かわいせんせい》が勝《か》ったほうがいいに決《き》まってるもの」

ややあってから、篠田《しのだ》が言《い》った。

「でもそれって、上《うえ》から目線《めせん》で頭《あたま》にきます」

マリは言《い》った。

「なるほど。あなたってかわいいわね」

篠田《しのだ》の口《くち》から笑《え》みがもれた。

「そういうところが上《うえ》から目線《めせん》なんだって!」

マリは思《おも》わず叫《さけ》んでしまった。

「はい、はい」

そう言《い》いながら篠田《しのだ》は去《さ》っていった。

第4章

# 校庭の落書き

# 1

毎日《まいにち》のように雨《あめ》が降《ふ》り、傘《かさ》が手放《てばな》せない季節《きせつ》がやってきた。

その朝《あさ》、葵小《あおいしょう》の校庭《こうてい》に小《ちい》さな三角形《さんかくけい》を組《く》み合《あ》わせたような奇妙《きみょう》なマークがあることに気《き》づいたのは、登校《とうこう》してきたタケルだった。

「ちょっと、ここに来《き》てくれないか？」

タケルは、ちょうど校門《こうもん》から入《はい》ってきたコージを呼《よ》ぶと、

「これって、なんだと思《おも》う？」

と、聞《き》いてみた。

「さあね」

コージは首《くび》をひねった。

「このマーク、最近《さいきん》ときどき見《み》かけるんだけど……」

タケルは運動会《うんどうかい》の日《ひ》、穴《あな》に突《つ》っ込《こ》んだ手《て》の甲《こう》につけられて以来《いらい》、夢《ゆめ》の中《なか》もふくめ、何度《なんど》かこのマークを目撃《もくげき》していた。

「なにかの意味《いみ》があるのかな？」

なんでこんなものにこだわるのかと、不思議《ふしぎ》そうにコージは言《い》った。

「わからないけど、なんだか気《き》になるんだ」

それは絵《え》のようでもあり、文字《もじ》のようでもある。調《しら》べてみると、古代《こだい》メソポタミア文明《ぶんめい》で使《し》用《よう》されていた楔形《くさびがた》文字《もじ》に近《ちか》いのかもしれない。

「二人《ふたり》して、なんの悪《わる》だくみ？」

タケルとコージが話《はな》し込《こ》んでいると、ピンク色《いろ》の傘《かさ》を広《ひろ》げたミユが顔《かお》を出《だ》した。

「そんなんじゃないって。タケルがこのマークが気《き》になるって言《い》うから」

コージは苦笑《にがわら》いした。

「あれ、このマークって、北小《きたしょう》にもあったよね」

ミユが言《い》った。

「そうだっけ」

タケルには記憶《きおく》がない。

「ほら、中庭《なかにわ》の大《おお》きな石《いし》に、このマークが彫《ほ》ってあったよ」

「あの石《いし》か……。たしかにこのマークだった？」

「間違《まちが》いないよ」

タケルが聞《き》くと、ミユは断言《だんげん》した。

「同《おな》じやつの仕業《しわざ》かな？」

タケルはあごに手《て》をやった。

「どうかな。北小《きたしょう》のは、ずっと前《まえ》に彫《ほ》られたものって感《かん》じがしたけど」

ミユが言《い》った。

「葵小《あおいしょう》の連中《れんちゅう》なら、なにか知《し》っているかも」

コージは辺《あた》りを見回《みまわ》した。

「そうだな」

通《とお》りがかった葵小《あおいしょう》の何人《なんにん》かを呼《よ》び止《と》めた。

「このマークって、なんだかわかる？」

「ぼくは知《し》らないけど、きみはどう？」

タケルが聞《き》くと、二郎《じろう》は頭《かぶり》を振《ふ》ってから、横《よこ》にいたサキに話《はなし》をふった。

「ああ、これね」

サキは、なにか知《し》っていそうだ。

「なんだかわかるの？」

タケルは身《み》を乗《の》り出《だ》した。

「意味《いみ》は知《し》らないけれど、近頃《ちかごろ》は町《まち》でもよく見《み》かけるよ」

「葵町《あおいちょう》で？」

サキはうなずいた。

「そこらじゅうに変《へん》な落書《らくが》きがされてるって、町《まち》の人《ひと》たちも犯人《はんにん》を捜《さが》してるよ」

「そうなんだ……」

タケルは、期待《きたい》したような答《こた》えが得《え》られなかったからか、ため息《いき》をついた。

「なに、なに？」

そうこうしているうちに、タケルたちの周《まわ》りは人《ひと》だかりになっていた。

「この落書《らくが》きだったら、おれんちの前《まえ》の道路《どうろ》にも大《おお》きいのがあるぜ」

ヒロが後《うし》ろから人《ひと》をかき分《わ》けて顔《かお》を出《だ》した。

「それなら、わたしたちも見《み》た」

マリとユリも声《こえ》を合《あ》わせた。

「もう消《け》したけど、うちの店《みせ》の前《まえ》にも落書《らくが》きされたことがあったなあ」

マサルが言《い》うと、

「落書《らくが》きを放置《ほうち》すると、町《まち》の治安《ちあん》が悪《わる》くなるっていうからね」

二郎《じろう》が顔《かお》をしかめた。

この落書《らくが》きはタケルが思《おも》った以上《いじょう》にたくさんあったようだ。今《いま》まであまり目《め》にしなかったのは、町《まち》の人《ひと》が気《き》づくたびに消《け》していたかららしい。

「ここにもあるってことは……、この落書《らくが》きを描《か》いた犯人《はんにん》はこの学校《がっこう》の関係者《かんけいしゃ》だったりして」

推理小説《すいりしょうせつ》好《ず》きのケンタが言《い》った。

「普通《ふつう》に考《かんが》えたら、夜《よる》に忍《しの》び込《こ》んだんでしょ」

マリが言《い》うと、

「誰《だれ》かがふざけて真似《まね》しただけかも」

ユリが続《つづ》いた。

「なんにせよ、迷惑《めいわく》であることには変《か》わりないよ」

ケンタは口《くち》をとがらせた。

「落書《らくが》きしている現場《げんば》を目撃《もくげき》した人《ひと》っていないのかな？」

タケルは、みんなにたしかめてみた。

いったい犯人《はんにん》は、なんの目的《もくてき》でそこらじゅうにこんな落書《らくが》きをしているのだろう。

「おれは聞《き》いてないぜ」

マサルはそう言《い》ってから、町《まち》のうわさに一番《いちばん》くわしい、双子《ふたご》の様子《ようす》をうかがった。

「わたしたちの耳《みみ》にも届《とど》いてないよ」

ユリが答《こた》えると、マリもうなずいた。

その後《あと》にはだれの声《こえ》もなかったので、ほかのみんなも知《し》らないようだ。

タケルは、ますますこの落書《らくが》きに興味《きょうみ》がわいてきた。

「これが描《か》かれるようになったのって、いつごろからか、だれか覚《おぼ》えてる？」

タケルはみんなの顔《かお》を見回《みまわ》した。

「結構《けっこう》、最近《さいきん》だと思《おも》う。北小《きたしょう》がここへ来《く》るようになってからじゃないかな」

タケルたちの方《ほう》を見《み》ながら、サキが答《こた》えた。

「もしかして、ぼくらを疑《うたが》ってるのか？」

コージが反応《はんのう》した。

「そんなこと言《い》ってないよ。それともなにか思《おも》い当《あ》たることでもあるの？」

「こっちだってないよ……」

サキに痛《いた》くもない腹《はら》を探《さぐ》られて、コージはそっぽを向《む》いた。

「わたし、いいこと思《おも》いついちゃった！」

マリは不意《ふい》に大《おお》きな声《こえ》をあげた。

「なんだよ、急《きゅう》に」

マサルたちは、きっとろくなことではないと思《おも》って、明《あき》らかに嫌《いや》な顔《かお》をしている。

「この落書《らくが》きの犯人《はんにん》捜《さが》しを、次《つぎ》の勝負《しょうぶ》にするのはどうかな？」

そういうみんなのリアクションには慣《な》れているらしく、マリは勝手《かって》に話《はなし》を続《つづ》けた。

「うん、いいね。おもしろそうだ」

マリの予想《よそう》に反《はん》して、タケルはすぐに乗《の》ってきた。

「いいの？」

返事《へんじ》が早《はや》すぎて、逆《ぎゃく》にマリの方《ほう》が驚《おどろ》いてしまった。

「ああ。実《じつ》をいうと、こういう勝負《しょうぶ》が一番《いちばん》してみたかったんだ」

タケルは笑顔《えがお》でうなずいた。

「じゃあ、次《つぎ》の勝負《しょうぶ》の取《と》り分《ぶん》は……」

「もうこの際《さい》、勝《か》った方《ほう》がイスを総取《そうど》りすることにしないか？」

言《い》いかけたマリに、タケルが言《い》った。

タケルはこの勝負《しょうぶ》で、おしまいにするつもりのようだ。

「わたしたちはいいけど、だいじょうぶ？」

この勝負《しょうぶ》は、葵町《あおいちょう》に住《す》んでいるマリたちが有利《ゆうり》なのは間違《まちが》いない。マリは、タケルたちに気《き》を使《つか》って、もう一度《いちど》たしかめた。

「心配《しんぱい》いらない、ぼくらは今回《こんかい》も勝《か》つつもりだから」

タケルがそう言《い》うのなら、コージも文句《もんく》はなかった。

## 2

「タケルのやつ、やけに自信《じしん》ありそうだったな」

教室《きょうしつ》に戻《もど》ると、ヒロはマリに話《はな》しかけた。

「そうなんだよね〜」

マリは、今度《こんど》の勝負《しょうぶ》で決着《けっちゃく》をつけることにあっさりと同意《どうい》してしまった自分《じぶん》の判断《はんだん》を、少《すこ》し後悔《こうかい》していた。

「あれは、もう犯人《はんにん》を知《し》ってる可能性《かのうせい》があるかもね。もしかすると、北小《きたしょう》の中《なか》に犯人《はんにん》がいるんじゃないのかな？」

サキは初《はじ》めからそこを疑《うたが》っている。

「そうだとすると、自分《じぶん》の仲間《なかま》を売《う》ることにならないか？　自分《じぶん》たちがバレたら困《こま》るようなこと、あいつがわざわざ勝負《しょうぶ》にするかな」

マサルが言《い》った。マサルはタケルのことをそれなりに一目置《いちもくお》いているようだ。

「わたしもマサルと同《おな》じ意見《いけん》だな。犯人《はんにん》を知《し》らないって言《い》っていた彼《かれ》の言葉《ことば》は本当《ほんとう》だと思《おも》う。ただ、重要《じゅうよう》な手《て》がかりになりそうなことを知《し》っているのかもね」

マリが言《い》った。

「それって、かなりヤバイだろ。負《ま》けたら総取《そうど》りされちゃうんだぞ！」

「だから、困《こま》ってるんじゃん」

大《おお》げさに騒《さわ》ぐヒロを、マリはにらんでだまらせた。

「マサルくんちにも落書《らくが》きされたんなら、お店《みせ》の防犯《ぼうはん》カメラとかに写《うつ》ってないのかな？」

二郎《じろう》は聞《き》いた。

防犯《ぼうはん》カメラをたしかめれば、落書《らくが》きの犯人《はんにん》が写《うつ》っている可能性《かのうせい》はある。

「そんな大《たい》そうな代物《しろもの》は、うちにはねえよ」

マサルは肩《かた》をすくめた。

「じゃあ、ヤスオくんのところは？」

「うちは葬儀屋《そうぎや》だぞ。店《みせ》には祭壇《さいだん》と棺桶《かんおけ》くらいしかないんだ。防犯《ぼうはん》カメラなんて必要《ひつよう》ないでしょ」

ヤスオはおもしろそうに言《い》った。

「わたしの知《し》る限《かぎ》りでは、葵町《あおいちょう》の商店街《しょうてんがい》に、防犯《ぼうはん》カメラとか監視《かんし》カメラとか、その手《て》の機械《きかい》が設置《せっち》されている店《みせ》はないはず」

マリが言《い》った。

泥棒《どろぼう》や空《あ》き巣《す》など出《で》たこともない平和《へいわ》な葵町《あおいちょう》に、防犯《ぼうはん》カメラはいらない。

「おい、ここならあるんじゃないか？」

ヤスオがはっとなった。

「ここ？」

マサルが聞《き》いた。

「この葵小学校《あおいしょうがっこう》のことだよ。どこの小学校《しょうがっこう》だって、不審者《ふしんしゃ》が入《はい》り込《こ》まないように防犯《ぼうはん》カメラくらいはあるだろ」

「たしかにそうだな。ヤスオ、いいところに気《き》がついた」

「まあね」

みんなにほめられて、ヤスオは得意《とくい》になった。

昼休《ひるやす》みになると、悪《ワル》ガキたちは職員室《しょくいんしつ》に押《お》しかけた。

「カバ先生《せんせい》！　防犯《ぼうはん》カメラ！　防犯《ぼうはん》カメラ！」

ちょうど職員室《しょくいんしつ》にいた盛田《もりた》を悪《ワル》ガキたちが取《と》り囲《かこ》んだ。

「この学校《がっこう》にも防犯《ぼうはん》カメラくらいありますよね？」

みんなで騒《さわ》いでしまって、らちが明《あ》かないので、ヤスオが代表《だいひょう》で聞《き》いた。

「あるよ」

「やった！」

盛田《もりた》の答《こた》えに悪《ワル》ガキたちは小躍《こおど》りした。

「ただし、落書《らくが》きの犯人《はんにん》は写《うつ》ってないぞ」

「えっ？」

なぜか盛田《もりた》に先読《さきよ》みされて、悪《ワル》ガキたちは目《め》が点《てん》になった。

「午前中《ごぜんちゅう》に北小《きたしょう》の子《こ》たちが来《き》て、カメラの映像《えいぞう》をたしかめていったけど、犯人《はんにん》はわからなかったみたいだぞ」

「えええええっ！」

悪《ワル》ガキたちが一斉《いっせい》に叫《さけ》んだ。

さすがはタケルたちだ。完全《かんぜん》に先《さき》をこされた。

「やられたね」

マリたちは、とぼとぼと自分《じぶん》たちの教室《きょうしつ》へ戻《もど》ってきた。

「帰《かえ》ったら、まずは落書《らくが》きをしている現場《げんば》を目撃《もくげき》した人《ひと》がいないか、こつこつと聞《き》き取《と》り調査《ちょうさ》ね」

ユリが切《き》り出《だ》すと、みんながうなずいた。


授業《じゅぎょう》が終《お》わると早速《さっそく》、悪《ワル》ガキたちは葵町《あおいちょう》を手分《てわ》けして回《まわ》ることにした。

ユリ、ヒロ、ケンタ、二郎《じろう》は商店街《しょうてんがい》を通《とお》って大川端《おおかわばた》マンション付近《ふきん》、マリ、サキ、マサルは大福寺方面《だいふくじほうめん》へ行《い》くことになった。

ユリたちは商店街《しょうてんがい》を隈《くま》なく聞《き》いて回《まわ》ったが、めぼしい収穫《しゅうかく》はゼロだった。

大川端《おおかわばた》マンションの入《い》り口《ぐち》に設置《せっち》されているカメラになにか写《うつ》っているのではないかと期待《きたい》したが、その辺《あた》りには落書《らくが》き自体《じたい》がなかったので空振《からぶ》りに終《お》わった。

大福寺《だいふくじ》へ向《む》かったマリたちが山門《さんもん》をくぐり、お寺《てら》の境内《けいだい》に入《はい》ると、なにかをかかえて講堂《こうどう》に入《はい》っていく和尚《おしょう》さんの姿《すがた》が見《み》えた。

追《お》いかけるように中《なか》へ入《はい》ると、和尚《おしょう》さんのまわりに古《ふる》い書物《しょもつ》がたくさん積《つ》み上《あ》がっていた。

「これ、どうしたんですか？」

サキが、それを見《み》て聞《き》いた。

「どこかの土蔵《どぞう》で見《み》つかった、この辺《あた》りのことについて書《か》かれた古文書《こもんじょ》を何冊《なんさつ》か、ある人《ひと》から預《あず》かってな。この寺《てら》にある書物《しょもつ》と照《て》らし合《あ》わせていたら、つい読《よ》み込《こ》んでしまったんだよ」

和尚《おしょう》さんは照《て》れたように、自分《じぶん》のハゲ頭《あたま》をピシャリとたたいた。

「なにかおもしろい話《はなし》でもあったんですか？」

サキは古本屋《ふるほんや》の娘《むすめ》なので、興味《きょうみ》があるようだ。

「ああ、ないことはないぞ」

思《おも》わせぶりに和尚《おしょう》さんが言《い》った。

「なんですか？　聞《き》かせてください」

サキは身《み》を乗《の》り出《だ》した。

「徳川幕府《とくがわばくふ》のお宝《たから》がこの辺《あた》りに隠《かく》されているかもしれん」

「本当《ほんとう》ですか?」

サキではなく、隣《となり》のマサルが目《め》を大《おお》きく見開《みひら》いた。

「事実《じじつ》かどうかはわからんが、そのようなことが書《か》かれているのはたしかじゃ」

「この前《まえ》の水戸黄門《みとこうもん》の舞台《ぶたい》で、徳川家《とくがわけ》の家紋《かもん》は三《み》つ葉葵《ばあおい》だったろ。だったらここも葵町《あおいちょう》っていうくらいだから、あってもおかしくないんじゃねえか?」

マサルがマリの顔《かお》をのぞき込《こ》んだが、マリは半信半疑《はんしんはんぎ》だ。

「正確《せいかく》な場所《ばしょ》までは書《か》かれておらんから、それが葵町《あおいちょう》かどうかもわからんがな」

和尚《おしょう》さんが笑《わら》った。

「そんなことより、和尚《おしょう》さんは、近頃《ちかごろ》、町《まち》でよく見《み》かける落書《らくが》きについて何《なに》か知《し》りませんか?」

マリはその落書《らくが》きのマークを、自分《じぶん》でまねて描《か》いた紙《かみ》を和尚《おしょう》さんに見《み》せた。

「これはたしか……、どこかで……」

「お寺《てら》にも、どこかに落書《らくが》きされたんですか?」

頭《あたま》をひねっている和尚《おしょう》さんに、マリが聞《き》いた。

「いや、違《ちが》う」

和尚《おしょう》さんは横《よこ》に積《つ》んである古書《こしょ》を、つぎつぎにめくり始《はじ》めた。

「ああこれ、これ。この印《しるし》に似《に》ていると思《おも》ってな」

和尚《おしょう》さんはその中《なか》の一冊《いっさつ》の、あるページで手《て》をとめると、マリたちに見《み》せた。

その印《しるし》は、和尚《おしょう》さんの言《い》うとおり、町《まち》の落書《らくが》きによく似《に》ていた。

「和尚《おしょう》さん、いったいこれは、なんですか？」

目《め》を輝《かがや》かせてマリが聞《き》いた。

「この本《ほん》によると、洪水《こうずい》がくるのを知《し》らせる、ネズミの印《しるし》だそうだ」

「ネズミって動物《どうぶつ》のネズミのことですか？」

思《おも》いがけない言葉《ことば》が出《で》てきたので、マリは聞《き》き返《かえ》した。

「そうだ。もう百何十年《ひゃくなんじゅうねん》も前《まえ》に、そこの大川《おおかわ》が氾濫《はんらん》して大洪水《だいこうずい》になった。家《いえ》や田畑《たはた》は全部《ぜんぶ》、おし流《なが》され多《おお》くの人《ひと》が犠牲《ぎせい》になったが、唯一《ゆいいつ》無事《ぶじ》な村人《むらびと》がいたそうだ」

「その人《ひと》は、どうして無事《ぶじ》だったんです？」

マサルが聞《き》いた。

「洪水《こうずい》が来《く》る何日《なんにち》か前《まえ》から、地面《じめん》にある印《しるし》が出《で》ることをその村人《むらびと》は知《し》っていたんだ。その印《しるし》がどんな意味《いみ》なのかはわからなかったが、それがそこらじゅうにあらわれると、決《き》まって水《みず》がおし寄《よ》せたらしい」

和尚《おしょう》さんは、三人《にん》の顔《かお》を順番《じゅんばん》に見《み》た。

「なんだかその話《はなし》ってひどくないですか。知《し》っていたなら、ほかの村人《むらびと》に教《おし》えてあげればよかったのに」

マリは納得《なっとく》がいかない。

「教《おし》えても、ほかの村人《むらびと》に信《しん》じてもらえなかったようだ」

「なぜですか？」

マリが聞《き》いた。

「その村人《むらびと》が、ホラ吹《ふ》きで有名《ゆうめい》な、村一番《むらいちばん》の変《か》わり者《もの》だったからだ」

「なんだかうそつき少年《しょうねん》の話《はなし》みたい。その人《ひと》、どんなホラを吹《ふ》いてたんですか？」

マリが言《い》った。

「地面《じめん》の下《した》にはネズミの村《むら》があって、もてなしを受《う》けたとか、そんな話《はなし》をいつもしていたらしい。印《しるし》はそのネズミたちに教《おし》えてもらったって言《い》ってておったようだ」

「へええ」

マリはおもしろいと思《おも》った。

「そりゃあ普通《ふつう》、信用《しんよう》されねえよな」

マサルは、その本《ほん》を手《て》に取《と》った。

「でもその人《ひと》が言《い》ったとおり、洪水《こうずい》は来《き》たんでしょう」

マリはマサルの顔《かお》を見上《みあ》げた。

その人《ひと》が言《い》っていたことは、結局《けっきょく》、ウソではなかったということだ。

「だからネズミの印《しるし》なんだね」

サキが言《い》った。

「そうだ。しかも、それは人《ひと》にではなく、ネズミ同士《どうし》に向《む》けての警告《けいこく》だったのではないかということだ」

和尚《おしょう》さんはそう言《い》いながら、うなずいた。

「じゃ、今《いま》その印《しるし》が出《で》てるってことは、また洪水《こうずい》がこの町《まち》をおそうってことか？」

マサルは目《め》を向《む》いた。

「洪水《こうずい》ならいつも来《き》ているじゃない」

サキが肩《かた》をすくめた。

葵町《あおいちょう》は大川《おおかわ》と運河《うんが》に囲《かこ》まれた、海抜《かいばつ》ゼロメートル地帯《ちたい》である。

カッパ池《いけ》の向《む》こうに大川端《おおかわばた》マンションが建《た》ってから水《みず》はけが悪《わる》くなり、たびたび水害《すいがい》に悩《なや》まされるようになった。

「だったら、もっとひどいのが来《く》るのかも……」

タケルが秋葉神社《あきばじんじゃ》の屋根《やね》から転《ころ》げ落《お》ちたとき、うわ言《ごと》のようにネズミのことをつぶやいていたのを、マリは思《おも》い出《だ》していた。

「ない、ない。こんなのだれかのいたずらだろ」

マサルは楽天的《らくてんてき》だ。

たしかにマサルの言《い》うことも一理《いちり》ある。以前《いぜん》からみんなに知《し》られているのなら、この話《はなし》は、いたずらの可能性《かのうせい》が高《たか》いが……。

「ネズミの印《しるし》って、この辺《あた》りでは有名《ゆうめい》なんですか?」

マリは和尚《おしょう》さんにたしかめたが、

「わからんな。知《し》る人《ひと》ぞ知《し》る程度《ていど》の話《はなし》だとは思《おも》うが」

と、曖昧《あいまい》に答《こた》えるだけだ。

「このネズミの印《しるし》のことについて、もっと調《しら》べておいてもらえますか?」

「ああ、そうしよう」

マリのお願《ねが》いを、和尚《おしょう》さんは快《こころよ》く引《ひ》き受《う》けてくれた。

なんにせよ、落書《らくが》き犯《はん》は、この逸話《いつわ》を知《し》った人物《じんぶつ》である可能性《かのうせい》が高《たか》い。

タケルはまだ、このことを知《し》らないはずだ。

マリは思《おも》わず笑《え》みがこぼれてしまった。

# 3

マサルは、大福寺《だいふくじ》の和尚《おしょう》に聞《き》いた、徳川家《とくがわけ》のお宝《たから》がこの葵町《あおいちょう》のどこかにあるといった古文書《こもんじょ》のことが気《き》になって仕方《しかた》なかった。

マリは頭《あたま》から否定《ひてい》していたが、マサルは父親《ちちおや》からこういう話《はなし》を聞《き》いたことがあった。この町《まち》には江戸城《えどじょう》からの抜《ぬ》け穴《あな》がある。それは明治《めいじ》になって埋《う》められてしまったが、ほかにもどこかにあるはずだ。

「抜《ぬ》け穴《あな》があれば、お宝《たから》が隠《かく》されていても不思議《ふしぎ》じゃない」

マサルはマリにそう言《い》ったが、全然《ぜんぜん》乗《の》ってこない。

おもしろくないので、マサルはマリたちと別《わか》れてから、ヤスオに会《あ》って話《はな》してみることにした。

マサルの話《はなし》を聞《き》いたとたん、ヤスオの表情《ひょうじょう》が変《か》わった。

「おい、そのお宝《たから》をおれたちで探《さが》してみないか。さっき忘《わす》れもの屋《や》にいたから、ケンタとヒロにも声《こえ》をかけよう」

そういうことで、すぐにお宝探偵団《たからたんていだん》が結成《けっせい》された。

団員《だんいん》はマサル、ヒロ、ヤスオ、ケンタの四人《にん》である。

「この辺《あた》りで、江戸時代《えどじだい》からずっとあるものといったら大福寺《だいふくじ》か秋葉神社《あきばじんじゃ》だ。そのどちらかにあるはずだ」

ヤスオが言《い》った。するとヒロが、

「秋葉神社《あきばじんじゃ》があやしいな。あそこには町《まち》の中《なか》にはないような、めずらしい森《もり》がある。ちょっと

不自然《ふしぜん》だと思《おも》わないか？」

と言《い》った。

そう言《い》われると、マサルもなにかありそうな気《き》がしてきた。

「ぼくたちだけの秘密《ひみつ》にしておこうよ」

ケンタが言《い》った。

「見《み》つけたら山分《やまわ》けだ」

ヒロはにやにやしている。

「よし、まずは秋葉神社《あきばじんじゃ》に行《い》こう」

マサルが言《い》った。

四人《にん》はお宝《たから》にすっかり夢中《むちゅう》になってしまい、雨《あめ》が降《ふ》る中《なか》、シャベルなどの穴《あな》を掘《ほ》る道具《どうぐ》を担《かつ》いで、早速《さっそく》秋葉神社《あきばじんじゃ》に出《で》かけた。

秋葉神社《あきばじんじゃ》は葵町《あおいちょう》の高台《たかだい》にある。

「ここは特別《とくべつ》なんだ」

そのことに四人《にん》は興奮《こうふん》した。

秋葉神社《あきばじんじゃ》の森《もり》はうっそうとしていて、入《はい》り込《こ》むと薄暗《うすぐら》くてなにか出《で》て来《き》そうで気味《きみ》が悪《わる》い。

「ここにはなにかある。そんな気《き》がしてきた」

ヤスオが言《い》ったとき、ヒロが、

「おい、ここ、だれかが掘《ほ》り返《かえ》してるぞ」

と叫《さけ》んだ。

三人《にん》が駆《か》けつけてみると、たしかに楠《くすのき》の大木《たいぼく》の下《した》を掘《ほ》り返《かえ》した痕跡《こんせき》があった。しかも、それはそんなに古《ふる》いものではない。

結局《けっきょく》なにもなかったようで、さんざん荒《あ》らした挙句《あげく》、そのままにしていったようだ。

「だれかが来《き》たんだ。こんなところへなにしに？」

「おれたちと同《おな》じ目的《もくてき》じゃないか？」

ヒロはケンタの顔《かお》を見《み》た。

「そうとしか考《かんが》えられない」

マサルたちは考《かんが》え込《こ》んでしまった。

「リョウカイに相談《そうだん》してみよう。リョウカイは高校生《こうこうせい》で物知《ものし》りだから、なにか役《やく》に立《た》つかもよ」

ヤスオが言《い》った。

忘《わす》れもの屋《や》のミーおばさんの孫《まご》、涼介《りょうすけ》を、悪《ワル》ガキたちはリョウカイと呼《よ》んで頼《たよ》りにしている。

「そうだな。忘《わす》れもの屋《や》に行《い》ったら会《あ》えるかもしれないから、これから行《い》ってみよう」

マサルがそう言《い》うと、みんなも行《い》こうということになった。

四人《にん》が忘《わす》れもの屋《や》に着《つ》くと、ミーおばさんがうたた寝《ね》をしていた。

「おばさん、リョウカイいる？」

「来《き》てるわよ」

ミーおばさんは目《め》をこすりながら言《い》った。

「ちょうどよかった。聞《き》きたいことがあるんだ。奥《おく》の部屋《へや》にいる？」

「いるわよ。行《い》ってごらんなさい」

ミーおばさんに言《い》われて、四人《にん》は店《みせ》の奥《おく》の部屋《へや》のドアを開《あ》けた。涼介《りょうすけ》は部屋《へや》で本《ほん》を読《よ》んでいたが、四人《にん》を見《み》て、

「なにしに来《き》たんだ？」

と、ぶっきらぼうに聞《き》いた。

「実《じつ》は、リョウカイに聞《き》きたいことがあるんだ」

マサルは大福寺《だいふくじ》で古文書《こもんじょ》を見《み》せてもらったことを涼介《りょうすけ》に話《はな》した。

「そのお宝《たから》、秋葉神社《あきばじんじゃ》の森《もり》にあるんじゃないかと思《おも》って行《い》ってみたんだ」

マサルが言《い》うと、

「もの好《ず》きな連中《れんちゅう》だな。なにか見《み》つかったか？」

涼介《りょうすけ》が興味《きょうみ》を示《しめ》した。

「大楠《おおくす》の根元《ねもと》を掘《ほ》った跡《あと》があっただけ。だれか先《さき》まわりしたのかもしれない」

ヒロが言《い》った。

「その話《はなし》、おもしろいけど、知《し》っている人《ひと》はいくらでもいるはずだ。秋葉神社《あきばじんじゃ》に目《め》をつけてるのも、一人《ひとり》や二人《ふたり》じゃないな」

涼介《りょうすけ》は肩《かた》をすくめた。

「なんだ、そうか」

「がっかりだね」

ヒロは、ケンタと顔《かお》を見合《みあ》わせた後《あと》、肩《かた》を落《お》とした。

# 4

お寺《てら》から戻《もど》って、店《みせ》の手伝《てつだ》いをしているマリたちの元《もと》に、北小《きたしょう》のミユが突然《とつぜん》たずねてきた。

「篠田先生《しのだせんせい》って、どう思《おも》う？」

「美人《びじん》だし、すてきな先生《せんせい》じゃない？」

唐突《とうとつ》な質問《しつもん》にあわてたユリが、当《あ》たり障《さわ》りのない答《こた》えをした。

「そう、たしかに美人《びじん》ではあるけど、すてきな先生《せんせい》かどうかはわからないわよ」

ミユは意味《いみ》ありげなことをつぶやいた。

「どうして先生《せんせい》のことを疑《うたが》うの？」

ユリは、ミユの態度《たいど》をいぶかしんだ。

「あまりに先生《せんせい》らしくないから。あんな美人《びじん》でスタイルもよく、高価《こうか》なスポーツカーを乗《の》り回《まわ》すほどリッチで、しかも口《くち》がうまく、男《おとこ》たちなんてすぐ言《い》うことを聞《き》いちゃう。そんな、なんの不自由《ふじゆう》ない人《ひと》が、わざわざ学校《がっこう》の先生《せんせい》になるなんて変《へん》だと思《おも》わない？」

「どこかの小学校《しょうがっこう》から異動《いどう》してきたの？」

今度《こんど》はマリが聞《き》いた。

「ここだけの話《はなし》、教師《きょうし》の資格《しかく》ももってないんじゃないかって。普通《ふつう》だったら採用《さいよう》されるわけがないのに、美人《びじん》ってだけで校長先生《こうちょうせんせい》が採用《さいよう》したってうわさもあるの。それ以来《いらい》、うちの学校《がっこう》は篠田先生《しのだせんせい》が牛耳《ぎゅうじ》ってる。校長先生《こうちょうせんせい》は、篠田先生《しのだせんせい》の言《い》うことならなんでも聞《き》いちゃうのよ」

「さすがに、そこまでの権限《けんげん》が校長先生《こうちょうせんせい》にあるとは思《おも》えないけど、校庭《こうてい》が陥没《かんぼつ》したのは、その後《あと》よね？」

「そう。篠田先生《しのだせんせい》が来《き》て数《すう》か月《げつ》して、学校《がっこう》がかたむいちゃったの」

「まさか、先生《せんせい》がかたむけたなんて言《い》わないわよね？」

マリはミユの様子《ようす》をうかがった。

「そこまでは言《い》わないけど、とにかく謎《なぞ》よ」

「先生《せんせい》は結婚《けっこん》してる？」

ユリが聞《き》いた。

「してないけど、小学校《しょうがっこう》の先生《せんせい》には不《ふ》似合《にあ》いな豪華《ごうか》マンションに一人《ひとり》住《ず》まい」

「きっとお金持《かねも》ちなのね」

「それはそうみたい。乗《の》っている車《くるま》はポルシェだから」

「じゃ、道楽《どうらく》で先生《せんせい》をやってるのよ」

篠田《しのだ》のことが気《き》に入《い》らないマリは言《い》い方《かた》にトゲがある。

「道楽《どうらく》かどうかは知《し》らないけど、先《せん》生《せい》って感《かん》じじゃない」

ミユも彼女《かのじょ》のことが嫌《きら》いなようだ。

「だけど、先生《せんせい》、学校《がっこう》で人気《にんき》があるんでしょう？」

「そうなの。子《こ》どもにも親《おや》にも先生《せんせい》に

も。だから、篠田先生《しのだせんせい》を疑《うたぐ》ってるのはわたしくらいかも。この話《はなし》はみんなには秘密《ひみつ》よ」

ミユの話《はなし》は、マリの胸《むね》に妙《みょう》にひっかかった。

彼女《かのじょ》と入《い》れ違《ちが》いに、古本屋《ふるほんや》のサキがやって来《き》た。

「今日《きょう》はそばを食《た》べに来《き》たんだ。ざるそば一つ」

サキはそう言《い》うと、カウンターの隅《すみ》に腰《こし》かけた。

「本当《ほんとう》にそれだけなの？」

そばを運《はこ》んできたマリが聞《き》いた。

「さっきマサルたちが、でっかいシャベルを担《かつ》いで、こそこそ秋葉神社《あきばじんじゃ》の方《ほう》へ行《い》ったみたいだけど、なにかとんでもないことでもやっているんじゃないの？」

サキは割《わ》り箸《ばし》に手《て》を伸《の》ばしながら言《い》った。

「どうせ、徳川《とくがわ》のお宝《たから》よ」

ため息《いき》まじりにマリは言《い》った。

「あの、お寺《てら》で聞《き》いた話《はなし》？」

「そうそう」

マリはうなずいた。

「あんなうさん臭《くさ》いお宝《たから》の話《はなし》なんて、ウソに決《き》まってるのに、夢中《むちゅう》になってるんだ。男子《だんし》ってホント、単純《たんじゅん》だよね」

サキもあきれ顔《がお》である。

「さっき、八百正《やおまさ》さんに買《か》い物《もの》に行《い》ったんだけど、マサルのお母《かあ》さんが、帰《かえ》ってきたマサルに手伝《てつだ》いをしろって言《い》ったら、もうじき大金持《おおがねも》ちになるから待《ま》ってろなんて言《い》い返《かえ》して、また出《で》て行《い》ったって、困《こま》っていたわ」

マリは、お宝《たから》のことで頭《あたま》がいっぱいで、落書《らくが》き犯捜《はんさが》しがそっちのけになってしまったマサルたちをなんとかしなくては、と思《おも》った。

「今日《きょう》、来《き》たのはそんな話《はなし》じゃなくて、うちの店《みせ》で最近《さいきん》、この町《まち》について書《か》かれている本《ほん》が何《なん》冊《さつ》も売《う》れたのよ。しかもその客《きゃく》、町《まち》のことをいろいろとしつこく聞《き》いていったんだって」

「それって」

マリは、はっとなってサキの顔《かお》を見《み》た。

「そう。もしかすると、落書《らくが》き犯捜《はんさが》しの可能性《かのうせい》があるんじゃないかと思《おも》って」

サキが言《い》った。

その客《きゃく》が、この町《まち》について調《しら》べていたとすると、ネズミの印《しるし》についても知《し》っている可能性《かのうせい》がある。

「どんな人《ひと》だったか覚《おぼ》えてる？」

「接客《せっきゃく》したお父《とう》さんに聞《き》いたら、中年《ちゅうねん》で、あまり本《ほん》に興味《きょうみ》がなさそうな人《ひと》だったって」

サキは肩《かた》をすくめた。

「ありがとう。わたしも注意《ちゅうい》しておくわ」

今葵小《いまあおいしょう》で、まともに落書《らくが》き犯捜《はんさが》しの勝負《しょうぶ》をしようとしているのは女子《じょし》だけある。


翌日《よくじつ》の朝《あさ》、マリが教室《きょうしつ》で授業《じゅぎょう》の準備《じゅんび》をしていると、

「ちょっといいかな？」

と、タケルがたずねてきた。

「いいけど、なんの用《よう》なの？」

「このクラスには喬《たかし》って子《こ》がいるよね？」

タケルはいきなりそう言《い》うと、教室《きょうしつ》を見回《みまわ》した。

「喬《たかし》くんを知《し》ってるの？」

タケルはうなずいた。

マリはタケルが喬《たかし》を知《し》っていることに少々驚《しょうしょうおどろ》いた。

神出鬼没《しんしゅつきぼつ》の喬《たかし》は、まさにこのクラスの隠《かく》れキャラ的存在《てきそんざい》である。

学校《がっこう》にふら～っとあらわれたかと思《おも》うと、いつの間《ま》にかいなくなっている。

「今日《きょう》はまだ……」

「ぼくならここにいるよ」

マリが言《い》いかけたとたん、ふいに喬《たかし》が後《うし》ろに立《た》っていた。

「ちょうど良《よ》かった。実《じつ》は聞《き》きたいことがあって、きみを捜《さが》していたんだ」

タケルが、面食《めんく》らっているマリを押《お》しのけて言《い》うと、

「いいよ、なんだい？」

と、喬《たかし》が微笑《ほほえ》んだ。

「ぼくと運動会《うんどうかい》の日《ひ》に会《あ》ったことを、きみは覚《おぼ》えてる？」

「ああ、もちろんさ」

喬《たかし》は答《こた》えた。

「じゃあ、ボールペンを落《お》とした穴《あな》のことは？」

「ちゃんと覚《おぼ》えてるよ」

喬《たかし》はうなずいた。

マリたちは聞《き》き耳《みみ》をたてていたが、二人《ふたり》の会話《かいわ》はちんぷんかんぷんだった。

「さっき見《み》に行《い》ってきたんだけど、もう影《かげ》も形《かたち》もなくなってて。いったいあの穴《あな》がなんだったのか、きみならわかるんじゃないかって思《おも》ったんだ」

「ああ、あれね。あれは……」

「ちょっと待《ま》って」

喬《たかし》が言《い》いかけたとたん、タケルがやめさせた。

「ここでは外野《がいや》がうるさいから、続《つづ》きはあっちで話《はな》そう」

「きみがそう言《い》うなら。そうしよう」

そう言《い》うと、タケルと喬《たかし》は連《つ》れ立《だ》って、廊下《ろうか》を歩《ある》いていってしまった。

「さっきのあれ、いったいなんの話《はなし》だったんだ?」

二人《ふたり》の姿《すがた》が見《み》えなくなると、すぐにマサルが口《くち》を開《ひら》いた。

「さあ。でも、わたしたちに聞《き》かれたくないってことは、今回《こんかい》の勝負《しょうぶ》に関係《かんけい》あるからよね」

マリはため息《いき》をついた後《あと》、腕《うで》を組《く》んだ。

「喬《たかし》が帰《かえ》ってきたら、なにを話《はな》したのか問《と》いただそうぜ」

マサルはそう言《い》ったが、喬《たかし》はそのまま教室《きょうしつ》に戻《もど》らなかった。

## 5

その日《ひ》、午後《ごご》になっても、篠田《しのだ》は葵小《あおいしょう》に出勤《しゅっきん》してこなかった。

教頭《きょうとう》が何度《なんど》めかの連絡《れんらく》を取《と》ろうとして、受話器《じゅわき》に手《て》を伸《の》ばしたのと同時《どうじ》に、職員室《しょくいんしつ》の電話《でんわ》が鳴《な》った。

あわてて受話器《じゅわき》を取《と》ると、それは篠田《しのだ》からではなく、とても良《よ》くないニュースだった。

「はい、わかりました……」

教頭《きょうとう》は電話《でんわ》が切《き》れた後《あと》も、しばらくのあいだ、冷《ひ》や汗《あせ》をかきながら押《お》しだまっていた。

「どうしました？」

ただならぬ教頭《きょうとう》の様子《ようす》を見《み》て、校長《こうちょう》が声《こえ》をかけた。

「今朝《けさ》から北小《きたしょう》の校長《こうちょう》が、警察《けいさつ》の事情聴取《じじょうちょうしゅ》をうけているそうです」

教頭《きょうとう》は青白《あおじろ》い顔《かお》で声《こえ》を絞《しぼ》り出《だ》した。

「それはまた、どうしてですか？」

校長《こうちょう》の声色《こわいろ》も変《か》わった。

「北小《きたしょう》の校長《こうちょう》は、校庭《こうてい》を埋《う》め戻《もど》している業者《ぎょうしゃ》と癒着《ゆちゃく》して工事費《こうじひ》を不正《ふせい》に釣《つ》り上《あ》げていた疑《うたが》いがあるそうです」

「どこからの情報《じょうほう》ですか？」

古《ふる》くからの付《つ》き合《あ》いである北小《きたしょう》の校長《こうちょう》がそんなことをするなんて、校長《こうちょう》もにわかには信《しん》じられない。

「教育委員会《きょういくいいんかい》からです」

「そうですか……」

校長《こうちょう》は深《ふか》いため息《いき》をついた。

「その悪徳業者《あくとくぎょうしゃ》は、校庭《こうてい》の穴《あな》を埋《う》めるどころか、地下《ちか》に空洞《くうどう》が広《ひろ》がっているとして、さらに掘《ほ》り進《すす》めているらしく、今《いま》では校庭《こうてい》のほとんどが掘《ほ》り返《かえ》されているようです」

匿名《とくめい》のだれかから警察《けいさつ》にタレコミの通報《つうほう》があったらしい。

「たしかに、埋《う》め戻《もど》すだけにしては工事期間《こうじきかん》が長《なが》すぎだと思《おも》っていましたが……」

校長《こうちょう》が言《い》った。

「しかも、その大《おお》きく開《あ》いた穴《あな》に、企業《きぎょう》からお金《かね》をもらって引《ひ》き取《と》った産業廃棄物《さんぎょうはいきぶつ》を、未処理《みしょり》のままそこに埋《う》める計画《けいかく》だったようです」

「小学校《しょうがっこう》の校庭《こうてい》に産業廃棄物《さんぎょうはいきぶつ》ですか！」

さすがに、校長《こうちょう》も声《こえ》を荒《あら》らげた。

「もう一部《いちぶ》の産業廃棄物《さんぎょうはいきぶつ》は放《ほう》り込《こ》まれているそうで、本当《ほんとう》にひどい連中《れんちゅう》ですよ」

教頭《きょうとう》の表情《ひょうじょう》にも怒《いか》りの様子《ようす》がうかがえる。

「うちに来《き》ている北小《きたしょう》の先生方《せんせいがた》はこのことを知《し》っているんですか？」

「まだたしかめていないのでわかりませんが……。そういえば篠田先生《しのだせんせい》が、今日《きょう》はまだみえていないんです」

教頭《きょうとう》が言《い》った。

「なぜですか？」

「さあ、わたしにはわかりません」

「変《へん》ですね。このことについて、彼女《かのじょ》がなにか知《し》っていたとしたらかなり問題《もんだい》ですよ。連絡《れんらく》はとってみたんですか？」

「篠田先生《しのだせんせい》の自宅《じたく》や携帯《けいたい》に何度《なんど》も連絡《れんらく》を入《い》れているんですが、返事《へんじ》はまだ……」

教頭《きょうとう》は頭《かぶり》を振《ふ》った。

「何度《なんど》も試《ため》してください」

教頭《きょうとう》は校長《こうちょう》に催促《さいそく》され、すぐに篠田《しのだ》の携帯電話《けいたいでんわ》にかけてみたが、何度《なんど》かけてもつながらなかった。

「とにかく、篠田先生《しのだせんせい》は病欠《びょうけつ》ということにして、情報《じょうほう》がたしかだとわかるまで、このことは内《ない》密《みつ》にしましょう」

校長《こうちょう》は教師《きょうし》たちと示《しめ》し合《あ》わせた。

# 6

「こっち、こっち」

タケルは喬《たかし》に誘《さそ》われ、校舎《こうしゃ》の裏側《うらがわ》に回《まわ》り込《こ》んだ。

そこは木《き》が生《お》い茂《しげ》り、こんもりと小《ちい》さな丘《おか》のようになっていた。

「穴《あな》なんてどこにもないじゃないか」

タケルは眉《まゆ》をひそめた。

「あわてない、あわてない」

喬《たかし》はそういうと、地面《じめん》を指《さ》し示《しめ》した。

「なにもないけど……」

「よく見《み》て」

喬《たかし》は、勢《いきお》いよく地面《じめん》に息《いき》を吹《ふ》きかけた。

砂《すな》ぼこりが吹《ふ》き飛《と》ぶと、地面《じめん》に直径《ちょっけい》三十センチくらいの丸《まる》い石《いし》が顔《かお》を出《だ》した。

「これは……」

タケルがよく見《み》ると、その石《いし》の中心《ちゅうしん》には、あの落書《らくが》きに似《に》たようなマークが刻《きざ》まれていた。

「きみも手伝《てつだ》って」

喬《たかし》とタケルはその石《いし》に手《て》をかけると、力《ちから》を込《こ》めた。

ずずずず……。

その石《いし》をゆっくりずらすと、ぱくりと深《ふか》い穴《あな》が開《あ》いた。

「前《まえ》の穴《あな》とは、場所《ばしょ》は違《ちが》うけど、結局《けっきょく》は同《おな》じなんだよ」

喬《たかし》が言《い》った。

「単刀直入《たんとうちょくにゅう》に聞《き》くけど、これってなんなの？」

「きみはすでに知《し》っているはずだけどな」

喬《たかし》が、タケルの目《め》を見《み》て言《い》った。

頭《あたま》の中《なか》をのぞかれるような眼差《まなざ》し。

「ネズミ天国《てんごく》……」

タケルはふと、神社《じんじゃ》の屋根《やね》から転《ころ》げ落《お》ちたときに見《み》た幻《まぼろし》を思《おも》い出《だ》した。

「いや、いや、そんなはずはない」

タケルは頭《かぶり》を振《ふ》って、自分《じぶん》がつぶやいた言葉《ことば》を否定《ひてい》した。

「どうして？　きみはなにか印《しるし》をもらったはずだよ」

喬《たかし》に言《い》われて、タケルは考《かんが》えを巡《めぐ》らせた。

「たしかに手《て》に変《へん》な落書《らくが》きをされた……。でも、それが絵《え》なのか文字《もじ》なのか、調《しら》べてみたけど、

なんなのかわからなかった」

「それ、見《み》たいな」

喬《たかし》が言《い》った。

「これがそうだよ」

タケルは念《ねん》のため携帯電話《けいたいでんわ》で撮《と》っておいた落書《らくが》きの画像《がぞう》を喬《たかし》に見《み》せた。

「これは警告文《けいこくぶん》だよ」

「警告《けいこく》って、なんの？」

タケルが聞《き》き返《かえ》した。

「よく思《おも》い出《だ》して」

喬《たかし》はタケルの顔《かお》をじっと見《み》つめた。

「もうすぐ大雨《おおあめ》が降《ふ》るって、大雨《おおあめ》になるから早《はや》く逃《に》げろって言《い》っていた……」

「そういうこと」

喬《たかし》が言《い》った。

「仮《かり》にそうだとしても、ぼくたちが読《よ》めなくちゃなんにもならないだろ」

「これは人間《にんげん》への警告《けいこく》じゃない。ネズミへのものだよ」

「ネズミへの警告《けいこく》？」

タケルは驚《おどろ》いて目《め》をむくと、喬《たかし》はにんまり笑《わら》った。

「じゃあ、落書《らくが》きの犯人《はんにん》はネズミ？」

「そこまでは、ぼくにもわからないよ」

喬《たかし》は否定《ひてい》も肯定《こうてい》もしなかった。

なんにせよ、話《はなし》が突飛《とっぴ》すぎて、タケルは頭《あたま》をかかえてしまった。

ネズミが落書《らくが》きの犯人《はんにん》だったなんて言《い》っても、みんなは信《しん》じるだろうか。

「それに、雨《あめ》が多《おお》く降《ふ》るぐらいのことを、わざわざ警告《けいこく》する必要《ひつよう》があるのかな」

「それはきみが人《ひと》だからだよ。ネズミのサイズなら膝《ひざ》が浸《つ》かるくらいでも大問題《だいもんだい》さ」

「なるほど、ついでにぼくにも教《おし》えてくれたってことか……」

「それに危険《きけん》なのは雨《あめ》だけじゃない、そのネズミ天国《てんごく》に、なにかとんでもないことがおこっているみたいだよ」

「なにがおきているの？」

タケルはちょっと不安《ふあん》になってきた。

「それは調《しら》べてみないとわからないけど……」

喬《たかし》は真顔《まがお》で言《い》った。

その時《とき》、タケルの携帯電話《けいたいでんわ》が鳴《な》った。

コージからだった。

「おまえ今《いま》、どこにいるんだよ？」

コージはいきなりけんか腰《ごし》だ。

「校舎《こうしゃ》の裏手《うらて》だけど、何《なに》かあった？」

タケルは、いやな胸騒《むなさわ》ぎがした。

「あったなんてもんじゃないよ！　しのしのがいなくなったんだ。しかも、警察《けいさつ》まで動《うご》いてるんだよ」

「えっ、しのしのが？　誘拐《ゆうかい》でもされたってこと？」

タケルはわけがわからない。

「違《ちが》うって。しのしのを犯罪者《はんざいしゃ》として、警察《けいさつ》が捕《つか》まえようとしているんだよ」

「そんなバカな！　そんなことだれが言《い》ってるんだ？」

タケルは耳《みみ》を疑《うたが》った。

「うちの母《かあ》さんは、教育委員会《きょういくいいんかい》に知《し》り合《あ》いがいるんだけど、今朝《けさ》、確認《かくにん》の電話《でんわ》があったらしい」

「先生《せんせい》が犯罪《はんざい》って、どんな悪《わる》いことしたっていうんだ？」

「よくわからないけど、逃《に》げたんだから、なにか悪《わる》いことしてたんだろ！」

コージにも詳《くわ》しい事情《じじょう》はよくわかってないようだ。

「なにかの間違《まちが》いだ。しのしのは悪《わる》いことをするような人《ひと》じゃない」

タケルは強《つよ》く否定《ひてい》した。

「そんなこと言《い》ったって……」

コージはそのままだまりこんでしまった。

「なんだか急《きゅう》に暗《くら》くなってきたな。そろそろ雨《あめ》が降《ふ》り出《だ》すぞ」

喬《たかし》が空《そら》を見上《みあ》げて、関係《かんけい》ないことをつぶやいた。

「とにかく本人《ほんにん》にあって直接話《ちょくせつはなし》を聞《き》かないと始《はじ》まらないな。いったいしのしのはどこに行《い》ってしまったのか……」

さっきまであんなに晴《は》れていた空《そら》が、いつの間《ま》にか暗《くら》くなっていた。喬《たかし》が言《い》うように雨《あめ》が降《ふ》り出《だ》してくるのかもしれない。

「それについては、少《すこ》し情報《じょうほう》がある」

コージが言《い》った。

「昨日《きのう》の夜《よる》、しのしのが、真《ま》っ暗《くら》な北小《きたしょう》の工事現場《こうじげんば》へ入《はい》っていくのを見《み》たやつがいるんだ」

「それだけじゃなあ……」

タケルはため息《いき》をついた。

「いや、それだけじゃない。その時《とき》のしのしのの服装《ふくそう》は、普通《ふつう》じゃなかったらしい」

「普通《ふつう》じゃないって、どんな？」

「作業服《さぎょうふく》にライトのついたヘルメット、洞窟《どうくつ》の探検《たんけん》にでも行《い》くような装備《そうび》だったんだって」

コージが言《い》った。

「洞窟《どうくつ》の探検《たんけん》？　それって地下《ちか》にでも、もぐったってこと……」

タケルは思《おも》わず声《こえ》をもらした。

「その人《ひと》は、ネズミ天国《てんごく》へ行《い》ったね」

横《よこ》から喬《たかし》が口《くち》をはさんだ。

「北小《きたしょう》にも入《い》り口《ぐち》があるってこと？」

タケルは喬《たかし》にたしかめた。

「入《い》り口《ぐち》はそこかしこにあるよ」

タケルは、ミユが今朝《けさ》、北部小学校《ほくぶしょうがっこう》の中庭《なかにわ》にもあのマークの刻《きざ》まれた石《いし》があると言《い》っていたことを思《おも》い出《だ》した。

「さっきから、だれと話《はな》してるんだ？」

「ごめん、横《よこ》にもう一人《ひとり》いるんだ」

喬《たかし》のことをコージに伝《つた》えていなかったことを思《おも》い出《だ》した。

「この話《はなし》、聞《き》かれてもだいじょうぶなのか？」

コージはいぶかしんだ。

「そんなことは、後《あと》で考《かんが》えればいい」

「入《い》り口《ぐち》はたくさんあるけど、とてもせまいんだ。望《のぞ》まれない人《ひと》は絶対《ぜったい》に入《はい》れないから、その人《ひと》は、北部小学校《ほくぶしょうがっこう》の校庭《こうてい》を掘《ほ》り返《かえ》したんじゃないかな」

とんでもないことを言《い》う喬《たかし》に、

「校庭《こうてい》の穴《あな》は落盤事故《らくばんじこ》だよ」

タケルはあわてて説明《せつめい》した。

「違《ちが》うよ。ネズミ天国《てんごく》への通路《つうろ》を掘《ほ》っていて落盤《らくばん》したんだ」

「きみは見《み》ていたように言《い》うね」

タケルは改《あらた》めて喬《たかし》の顔《かお》を見《み》たが、それには答《こた》えない。

よく見《み》ると、彼《かれ》はどこか人《ひと》ではないような雰囲気《ふんいき》がある。

「この辺《あた》りには昔《むかし》、ネズミ天国《てんごく》の通路《つうろ》を利用《りよう》した、江戸城《えどじょう》への抜《ぬ》け道《みち》があったんだ。もともとの入《い》り口《ぐち》は封鎖《ふうさ》されてしまったけれど、通路自体《つうろじたい》はちゃんと残《のこ》っている。そこに入《はい》った可能性《かのうせい》はあるね」

信《しん》じられないような話《はなし》でも、喬《たかし》が言《い》うと、妙《みょう》な説得力《せっとくりょく》があった。

「徳川家《とくがわけ》のお宝《たから》がこの辺《あた》りに埋《う》まっているって話《はなし》を聞《き》いたことがあるよ。ぼくはまったく信《しん》じてないけどね」

タケルは、葵小《あおいしょう》の連中《れんちゅう》がそんな話《はなし》をしていたことを思《おも》い出《だ》した。

しかし、埋蔵金《まいぞうきん》なんてばかばかしい。タケルにはそうとしか思《おも》えない。

「それは、きみが行《い》って、直接《ちょくせつ》たしかめてくるしかないね」

「行《い》くって？　今《いま》から北小《きたしょう》の工事現場《こうじげんば》に行《い》くの？」

タケルは聞《き》いた。

「そこまで行《い》く必要《ひつよう》はないよ。そこに入《い》り口《ぐち》があるじゃないか」

喬《たかし》は地面《じめん》に開《あ》いている穴《あな》を指差《ゆびさ》した。

「さすがにこれは小《ちい》さすぎじゃない？」

タケルは改《あらた》めてその穴《あな》をのぞき込《こ》んだ。

「だいじょうぶだって。やってみなよ」

喬《たかし》はゆずらない。

「頭《あたま》はぎりぎり通《とお》りそうだけど、体《からだ》までは無理《むり》……」

試《ため》しに頭《あたま》を入《い》れてみると、いきなり肩《かた》の部分《ぶぶん》の土《つち》が崩《くず》れタケルは穴《あな》に吸《す》い込《こ》まれた。

「うあああああ！」

タケルは土砂《どしゃ》とともに、プールのウォータースライダーみたいにすべり落《お》ち、少《すこ》し開《ひら》けた場《ば》所《しょ》でやっと止《と》まった。

どこまで下《した》に落《お》ちたのだろう、口《くち》の中《なか》で、砂《すな》がじゃりじゃりする。改《あらた》めて見上《みあ》げると落《お》ちてきた穴《あな》が遠《とお》くに小《ちい》さく見《み》えた。

「喬《たかし》くーん！」

上《うえ》に向《む》かって呼《よ》んでみたが、喬《たかし》からの返事《へんじ》はない。

「入《はい》ったはいいけど、ここからどうやって出《で》るんだよ」

タケルは、落《お》ちてきた穴《あな》に向《む》かって這《は》い上《あ》がろうとしたが、壁《かべ》がもろく、ばらばらと崩《くず》れ落《お》ち、簡単《かんたん》には登《のぼ》れそうもない。下手《へた》をすると生《い》き埋《う》めになってしまいそうだ。

あわてて携帯電話《けいたいでんわ》をたしかめたが、コージとの通話《つうわ》はいつの間《ま》にか切《き》れていて、かけようとしても、どこにもつながらない。

途方《とほう》に暮《く》れたタケルはその場《ば》に座《すわ》り込《こ》んだ。

「座《すわ》ってないで、行《い》くよ」

穴《あな》の中《なか》は真《ま》っ暗《くら》なのでなにも見《み》えないが、近《ちか》くで喬《たかし》の声《こえ》がした。

「喬《たかし》くんなの？」

「ああ、目《め》の前《まえ》にいるよ」

そう言《い》うと、喬《たかし》はどこから取《と》り出《だ》したのか、ライトを点《つ》けた。

穴《あな》の中《なか》がぱっと明《あか》るくなった。

「さあ、行《い》こう」

「行《い》くってどこへ？」

タケルは聞《き》き返《かえ》した。

穴《あな》の中《なか》は、子《こ》どものタケルでも中腰《ちゅうごし》がせいいっぱいである。

「ネズミ天国《てんごく》さ」

喬《たかし》はそう言《い》うと、這《は》うように奥《おく》へ奥《おく》へともぐっていった。

# 7

「さあ、そろそろ帰《かえ》るか」

授業《じゅぎょう》が終《お》わって、マサルが呼《よ》びかけると、みんながぞろぞろと教室《きょうしつ》を出《で》ようとドアに向《む》かった。

今日《きょう》はなんだか先生《せんせい》たちも落《お》ち着《つ》かないようで、まともな授業《じゅぎょう》はほとんどなかった。

「きみたち、どこかでタケルを見《み》なかった？」

コージとミユが、教室《きょうしつ》にとびこんできた。

「昼休《ひるやす》みにここに来《き》たけど」

ヒロが言《い》った。

「それからはどう？」

ミユがすかさず聞《き》いた。

「その後《ご》は見《み》てないけど、そっちは？」

ヒロはみんなに話《はなし》を振《ふ》った。

「おれも知《し》らないなあ」

マサルや集《あつ》まってきたクラスメイトも、タケルの居所《いどころ》は知《し》らなかった。

「裏庭《うらにわ》にいるって携帯電話《けいたいでんわ》で話《はな》していたんだけど、急《きゅう》に切《き》れていなくなったんだ。それからは何度《なんど》かけてもつながらない。学校《がっこう》を捜《さが》してもどこにもいない」

コージが不安《ふあん》そうな顔《かお》で周《まわ》りを見回《みまわ》した。

「じゃ、どこへ行《い》ったんだ？　勝手《かって》に帰《かえ》っちまったのか？」

マサルが聞《き》いた。

「タケルの家《いえ》には連絡《れんらく》したけど、帰《かえ》ってきていないって」

ミユは今《いま》にも泣《な》きそうだ。

「携帯電話《けいたいでんわ》が、つながらないのが気《き》になるね」

ケンタが言《い》った。

「誘拐《ゆうかい》されたんじゃないか？」

ヒロが無責任《むせきにん》なことを口走《くちばし》った。

「学校《がっこう》の中《なか》で連《つ》れ去《さ》るなんて、できっこないわよ」

マリがすぐに否定《ひてい》した。

「しのしのもいなくなるし、タケルもいなくなるし。いったいどうなっちゃってるんだよ」

コージは半《はん》ベソをかきながら頭《あたま》をかきむしった。

「えっ、篠田先生《しのだせんせい》っていなくなったの？」

病欠《びょうけつ》だと聞《き》いていたので、マリは驚《おどろ》いた。

コージは一瞬《いっしゅん》しまったという顔《かお》をしたが、すぐに開《ひら》き直《なお》って自分《じぶん》の知《し》っていることをマリたちに説明《せつめい》した。

「そういえば、タケルがいなくなる寸前《すんぜん》まで携帯電話《けいたいでんわ》で話《はな》していたんだけど、だれかが横《よこ》にいて、そいつともしゃべっていたんだよ」

コージの話《はなし》を聞《き》いて、マリたちははっとなった。

「喬《たかし》だ！」

みんなが声《こえ》をそろえて言《い》った。

そういえば喬《たかし》の姿《すがた》が見《み》えない。

いつも急《きゅう》にいなくなるので、だれも気《き》にしていなかったのだ。

「その〝たかし〟って子《こ》はだれなの？」

ミユが聞《き》いた。

「喬《たかし》ってのは、なんだ……」

ヤスオはどう説明《せつめい》したらいいかわからず、苦笑《にがわら》いした。

「とにかく喬《たかし》くんと一緒《いっしょ》なら、いきなり姿《すがた》が消《き》えたとしても心配《しんぱい》することはないんだけど……。一応《いちおう》、篠田先生《しのだせんせい》のこともあるし、警察《けいさつ》には届《とど》けた方《ほう》がいいんじゃないかな」

喬《たかし》についての説明《せつめい》は難《むずか》しい。マリはそう言《い》うしかなかった。

もう一度《いちど》みんなで裏庭《うらにわ》に行《い》ってみたが、タケルと喬《たかし》の痕跡《こんせき》は見《み》つからなかった。すると、急《きゅう》に雨《あめ》の降《ふ》り方《かた》が強《つよ》くなってきたので、二人《ふたり》のことは大人《おとな》たちに任《まか》せ、みんな一度《いちど》、家《いえ》に帰《かえ》ることにした。

マリが家《いえ》に戻《もど》ると、涼介《りょうすけ》がそばを食《た》べに来《き》ていたので、タケルたちがいなくなったいきさつを話《はな》した。

「それは篠田《しのだ》にさらわれたんだ。突然《とつぜん》消《き》えるわけがない」

涼介《りょうすけ》は断言《だんげん》した。

「今日《きょう》は、篠田《しのだ》先生《せんせい》は学校《がっこう》に来《こ》なかったんだよ。誘拐《ゆうかい》なんてできるわけないよ」

マリが言《い》いはると、涼介《りょうすけ》は、

「それはなにか盲点《もうてん》を突《つ》いているんだよ。でなけりゃ、話《はな》し合《あ》って消《き》えたか」

と言《い》って、腕《うで》を組《く》んだ。

「喬《たかし》くんなら、篠田《しのだ》先生《せんせい》とタケルくんを一緒《いっしょ》に消《け》しちゃったってことはない？」

「そうは言《い》っても、いなくなったのは事実《じじつ》だから警察《けいさつ》に届《とど》けるべきだろうな」

「それなら、もう届《とど》けたはずよ。リョウカイに聞《き》けば、なにか新《あたら》しい見方《みかた》を教《おし》えてくれるかと思《おも》ったのに頼《たよ》りにならないわね」

マリに突《つ》き放《はな》されて、涼介《りょうすけ》はぶつぶつ言《い》いながら帰《かえ》っていった。

「ユリはどう思《おも》う？」

「わたしは、いなくなる前日《ぜんじつ》の目撃情報《もくげきじょうほう》が気《き》になるかな。篠田先生《しのだせんせい》が洞窟探検《どうくつたんけん》でもするような格好《かっこう》で、北小《きたしょう》の工事現場《こうじげんば》に入《はい》っていったというやつ」

「今《いま》から北小《きたしょう》の工事現場《こうじげんば》に行《い》ってみようか？」

「マリならそう言《い》うと思《おも》った」

ユリはそう言《い》うと、傘《かさ》を手《て》に、マリととびだした。

外《そと》は雨《あめ》がかなりひどくなっていた。

時間《じかん》はまだそれほどでもないのに、辺《あた》りは真《ま》っ暗《くら》だった。

二人《ふたり》は工事現場《こうじげんば》に忍《しの》び込《こ》むと、うわさどおり、校庭《こうてい》が掘《ほ》り返《かえ》されていた。

「なにこれ、穴《あな》だらけじゃん」

マリは思《おも》わずつぶやいた。

傘《かさ》をさしたまま薄暗《うすぐら》い工事現場《こうじげんば》に入《はい》ると、懐中電灯《かいちゅうでんとう》で辺《あた》りを照《て》らした。

そこらじゅうに開《あ》いた穴《あな》に、大《おお》きな水《みず》たまりができている。

「篠田先生《しのだせんせい》はここでなにをしようっていうの？」

マリが言《い》ったが、ユリからの返事《へんじ》はない。

「ユリ？」

振《ふ》り向《む》いたが後《うし》ろにいたはずのユリがいない。そこにはユリの傘《かさ》だけが残《のこ》されていた。

「ユリ、どこなの！」

マリは声《こえ》を張《は》り上《あ》げたが返事《へんじ》がない。

マリは自分《じぶん》の傘《かさ》を投《な》げ捨《す》てて、びしょ濡《ぬ》れになって工事現場《こうじげんば》を捜《さが》し回《まわ》ったが、ユリの姿《すがた》は見《み》当《あ》たらなかった。

その後《ご》、警察《けいさつ》が総動員《そうどういん》で辺《あた》りを捜《さが》したが、夜《よる》にかけて雨脚《あまあし》が強《つよ》くなったため、その日《ひ》の捜索《そうさく》は打《う》ち切《き》りになった。

深夜《しんや》には洪水《こうずい》の心配《しんぱい》も出《で》てきた。

マリたち一家《いっか》も、学校《がっこう》へ避難《ひなん》することになった。

そこにユリの姿《すがた》はない。いつも二人一緒《ふたりいっしょ》なのに、一人《ひとり》でいるのはなにかが欠《か》けたようで、マリはとてもさびしかった。

洪水《こうずい》になったら、床上浸水《ゆかうえしんすい》する家《いえ》は、マサルの八百屋《やおや》、マリのそば屋《や》、ヒロの洋食屋《ようしょくや》だ。

大人《おとな》たちは、その対策《たいさく》に追《お》われててんてこ舞《ま》いになるが、子《こ》どもたちは、川《かわ》みたいになった道路《どうろ》をびしゃびしゃと歩《ある》いたり、あの池《いけ》に今度《こんど》はなにが流《なが》れつくだろうと考《かんが》えたりして、みんな、いつもなら、わくわくするのだが……。

避難所《ひなんじょ》になった学校《がっこう》に行《い》くと、いなくなった人《ひと》たちの話《はなし》で持《も》ち切《き》りになった。

「まさか四人《にん》の死体《したい》が流《なが》れてくるんじゃ……」

悪《わる》い冗談《じょうだん》は言《い》うなと、ヤスオはみんなにつるし上《あ》げられた。

第5章
地下の天国

# 1

一晩《ひとばん》降《ふ》り続《つづ》いた大雨《おおあめ》のために、葵町《あおいちょう》はまるで水田《すいでん》のようになった。さすがの葵町《あおいちょう》でも、ここまでの状態《じょうたい》になるのはめずらしい。

葵町《あおいちょう》はカッパ池《いけ》を中心《ちゅうしん》にすり鉢状《ばちじょう》になっている。町《まち》の住人《じゅうにん》は土地《とち》の高《たか》い葵小学校《あおいしょうがっこう》を避難所《ひなんじょ》にして一夜《いちや》を明《あ》かした。

朝《あさ》が来《く》ると大人《おとな》たちはさまざまな対応《たいおう》に追《お》われて大《おお》わらわであったが、マリは二郎《じろう》とサキを誘《さそ》って、川《かわ》のようになった通《とお》りに、ゴムボートでこっそり繰《く》り出《だ》した。

隣町《となりまち》まで来《く》ると水《みず》は引《ひ》いていき、三人《にん》はゴムボートを降《お》り北部小学校《ほくぶしょうがっこう》へ向《む》かった。

マリたちは雨《あめ》の中《なか》もう一度《いちど》、ユリがいなくなった工事現場《こうじげんば》に入《はい》ってみた。

校庭《こうてい》に開《あ》いた大《おお》きな穴《あな》はまるで池《いけ》のようになっていた。広々《ひろびろ》とした工事現場《こうじげんば》は半分《はんぶん》ほど水《みず》につかっていて、見《み》えるのは上部《じょうぶ》だけだった。

「どうしてこんなに見晴《みは》らしのいい場所《ばしょ》でいなくなったの？」

サキが聞《き》いた。

「不思議《ふしぎ》だよね。突然《とつぜん》消《き》えるなんて考《かんが》えられる？」

「そうね」

二郎《じろう》に言《い》われて、マリもそう答《こた》えるしかなかった。

「でも、ユリは絶対《ぜったい》に死《し》んではいない、どこからか呼《よ》んでいるような気《き》がしてならないの。これはちゃんと説明《せつめい》できないけれど、ユリの思《おも》いが感《かん》じられるの。テレパシーみたい」

「そうか。マリたちは双子《ふたご》だからなにか感《かん》じられるのかもしれないね。でも、見《み》てのとおり、工事現場《こうじげんば》にユリが隠《かく》れられるような場所《ばしょ》はないよ」

「そうよね。わたしの気《き》のせいかもしれない……」

いなくなった人《ひと》たちの痕跡《こんせき》はなにも見《み》つからず、工事現場《こうじげんば》を後《あと》にしようとすると、背後《はいご》で激《はげ》しい水音《みずおと》がした。

三人《にん》が一斉《いっせい》に振《ふ》り向《む》くと、池《いけ》のようになっていた工事現場《こうじげんば》の真《ま》ん中《なか》にびしょ濡《ぬ》れの喬《たかし》が突《つ》っ立《た》っていた。

「喬《たかし》くん！」

二郎《じろう》が叫《さけ》んだ。

喬《たかし》は、ばしゃばしゃと水《みず》をかき分《わ》け、こちらに向《む》かって歩《ある》いて来《く》る。穴《あな》にたまった水《みず》は、まだそれほど深《ふか》くはないようだ。

「どこにいたのよ？」

マリも叫《さけ》んだ。

「うん、まあ……」

喬《たかし》は照《て》れたように頭《あたま》をかいた。

「ここでユリもいなくなっちゃったのよ、あなた知《し》らない？」

「きみは、タケルくんと一緒《いっしょ》だったんじゃないのか？」

三人《にん》が、地面《じめん》に上《あ》がった喬《たかし》に一《いっ》斉《せい》につかみかかった。

「一度《いちど》に聞《き》かれても答《こた》えられないよ。ちゃんと順序《じゅんじょ》立《だ》ててくれないか」

喬《たかし》が困《こま》った顔《かお》をした。

「あなたもふくめて、昨日《きのう》から何《なん》人《にん》かの人《ひと》がいなくなったんだ」

サキが冷静《れいせい》に経緯《けいい》を説明《せつめい》した。

「ユリはここでいなくなったの？」

喬《たかし》は聞《き》いた。

「気《き》づいたら、消《き》えちゃってたの」

マリは口《くち》に出《だ》すと悲《かな》しくなった。

「でもユリなら、この下《した》にいるよ」

喬《たかし》は恐《おそ》ろしいことを言《い》った。

「この下《した》って……、まさか、死《し》んじゃってないよね？」

マリは息《いき》がつまりそうになった。

「死《し》んではいないよ」

「でも、この下《した》って地下《ちか》じゃない！」

マリは怒鳴《どな》った。

「ユリがいるのは地面《じめん》の下《した》でも、ネズミ天国《てんごく》だよ」

マリは頭《あたま》が混乱《こんらん》した。喬《たかし》はなにを言《い》っているのだろう。

「そのネズミ天国《てんごく》ってなによ。なにかの比喩《ひゆ》なの？」

いらついたサキが、口《くち》をはさんだ。

「文字《もじ》どおり、町《まち》のネズミたちがつくった、地下空間《ちかくうかん》のことだよ」

「そんな話《はなし》、ちょっと信《しん》じられないよ」

二郎《じろう》はあきれて肩《かた》をすくめた。

「ネズミ天国《てんごく》はちゃんと実在《じつざい》するよ。現《げん》に、今《いま》、ぼくはそこから来《き》たんだからね」

喬《たかし》が言《い》った。

「だったら、ユリも連《つ》れ帰《かえ》って来《き》てくれたらよかったのに」

すぐにマリがかみついた。

「そこは、いろいろ問題《もんだい》があってね……」

そこまで言《い》うと、喬《たかし》はその場《ば》に座《すわ》り込《こ》んでしまった。

「喬《たかし》くん！」

あわててマリたちは喬《たかし》の元《もと》に駆《か》け寄《よ》った。

喬《たかし》はポーカーフェイスなので、ぱっと見《み》ではわからなかったが、かなり疲《つか》れ切《き》っていたようだ。

マリは、こんなに余裕《よゆう》のない喬《たかし》を見《み》たことがなかった。

「この辺《あた》りには、昔《むかし》からネズミたちの地下空間《ちかくうかん》があるんだ。町《まち》が水《みず》に浸《つ》かった時《とき》に、ネズミたちが逃《に》げ込《こ》む避難所《ひなんじょ》みたいなところって言《い》ったらいいかな」

喬《たかし》がゆっくりと話《はな》し始《はじ》めた。

「ユリはそこにいるってこと？」

マリが尋《たず》ねると、

「そこでタケルくんと一緒《いっしょ》にいるよ」

と、喬《たかし》はうなずいた。

「ネズミたちが避難所《ひなんじょ》にしているくらいだから、そこは安全《あんぜん》なんだよね？」

マリは肝心《かんじん》なことをたしかめた。

「ところがそうとも言《い》えなくて、今回《こんかい》の洪水《こうずい》はネズミ天国《てんごく》、存亡《そんぼう》の危機《きき》なんだ」

「どういうこと？」

「ここの大穴《おおあな》から水《みず》がどんどん流《なが》れ込《こ》んで、ネズミ天国《てんごく》への通路《つうろ》が全部水没《ぜんぶすいぼつ》してしまったんだ。今《いま》はたくさんのネズミたちがそこに閉《と》じ込《こ》められてる。このまま雨《あめ》が降《ふ》り続《つづ》いたら、いずれネズミ天国《てんごく》にも水《みず》が押《お》し寄《よ》せてしまう」

「ダメじゃない。早《はや》くそこから逃《に》げないと！」

マリはびっくりして思《おも》わず叫《さけ》んだ。

「そのために無理《むり》をして、ぼくが戻《もど》ったんだ」

びしょ濡《ぬ》れの喬《たかし》を、マリたち三人《にん》がまじまじと見《み》た。

喬《たかし》は、水《みず》でいっぱいになった長《なが》い通路《つうろ》を、泳《およ》いで戻《もど》ってきたらしい。

「わたしたちにできることはないの？」

「あるよ」

と言《い》って、喬《たかし》はマリに小《ちい》さな葉《は》っぱを渡《わた》した。

「これはなに？」

マリが聞《き》いた。

「これを大福寺《だいふくじ》にいる野良《のら》ネコの五右衛門《ごえもん》に渡《わた》してほしい。そして、かわりに五右衛門《ごえもん》が持《も》ってる『ブリキのネズミ』を、ぼくのところへ持《も》ってきてくれないかな」

喬《たかし》は風変《ふうが》わりな指示《しじ》をしたが、マリたちはだまってうなずいた。

「だいじょうぶ。止《や》まない雨《あめ》はないさ」

喬《たかし》は、不安《ふあん》そうな顔《かお》をしているマリに、そう言《い》って笑《わら》うと、崩《くず》れるように眠《ねむ》り込《こ》んでしまった。

三人《にん》が眠《ねむ》ったままの喬《たかし》をゴムボートに乗《の》せ、水路《すいろ》になった路地《ろじ》を葵小学校《あおいしょうがっこう》の近《ちか》くまで漕《こ》いでいくと、先生《せんせい》たちが保健室《ほけんしつ》のベッドまで運《はこ》んでくれた。

## 2

「この雨《あめ》じゃ、野良《のら》ネコの五右衛門《ごえもん》も心配《しんぱい》ね」

マリは喬《たかし》の指示《しじ》どおり、二郎《じろう》、サキの三人《にん》で大福寺《だいふくじ》に向《む》かっていた。

「ユリのことは、心配《しんぱい》じゃない？」

二郎《じろう》が聞《き》いた。

「心配《しんぱい》は心配《しんぱい》だけど、喬《たかし》くんの言《い》ったことを信《しん》じることにしたの」

マリはわざと明《あか》るく言《い》った。

三人《にん》が大福寺《だいふくじ》に行《い》くと、お寺《てら》の境内《けいだい》もすっかり水浸《みずびた》しになっていた。

「この水《みず》じゃ、五右衛門《ごえもん》の居場所《いばしょ》はないね。どこに行《い》ったのかな？」

サキは辺《あた》りを見《み》まわしたが、五右衛門《ごえもん》はどこにも見当《みあ》たらなかった。

本堂《ほんどう》に行《い》ってみると、和尚《おしょう》さんが仏様《ほとけさま》の前《まえ》でお経《きょう》を読《よ》んでいた。

「和尚《おしょう》さん、五右衛門《ごえもん》がどこに行《い》ったか知《し》りませんか？」

マリが聞《き》くと、

「五右衛門《ごえもん》ならそこにいる」

和尚《おしょう》さんは、仏壇《ぶつだん》の裏側《うらがわ》を指《ゆび》さした。そこには五右衛門一家《ごえもんいっか》がいて、マリを見《み》ると親《した》しげに鳴《な》き声《ごえ》をあげた。

「よかったね。親切《しんせつ》な和尚《おしょう》さんのおかげよ」

五右衛門《ごえもん》は甘《あま》えるようにマリに体《からだ》をすりつけてきた。

「五右衛門《ごえもん》、お腹《なか》を空《す》かしていませんか？」

マリが和尚《おしょう》さんに聞《き》いた。

「エサのネズミはすっかりいなくなったけれど、流《なが》れてくる魚《さかな》を食《た》べている。それでも足《た》りな

さそうなので、キャットフードをあげているよ」

「そうですか。よかったな、五右衛門《ごえもん》」

二郎《じろう》は安心《あんしん》した。

「これ、なんだかわかる？」

マリは喬《たかし》から預《あず》かった小《ちい》さな葉《は》っぱを五右衛門《ごえもん》の鼻先《はなさき》に持《も》っていった。

五右衛門《ごえもん》はその葉《は》っぱをぺろりと飲《の》み込《こ》み、にゃあ～と鳴《な》くと、どこともなく、すぐに外《そと》へ走《はし》り去《さ》ってしまった。

喬《たかし》から指示《しじ》されたとおりにやってみたが、これがなんの役《やく》にたつのだろうか。

「追《お》いかけよう」

三人《にん》は五右衛門《ごえもん》を追《お》いかけて本堂《ほんどう》を出《で》た。

「このお寺《てら》のどこかにあるといったって、地下《ちか》は水浸《みずびた》しよ」

墓地《ぼち》の石塔《せきとう》も半分《はんぶん》しか顔《かお》を出《だ》していない。

「山門《さんもん》に上《のぼ》ってみようか」

マリは山門《さんもん》の階段《かいだん》に上《のぼ》った。そこから見下《みお》ろすと、境内一面《けいだいいちめん》がまるで池《いけ》のようだ。

山門《さんもん》には、ほとんどだれも上《のぼ》ったことはないらしく、置《お》かれている仏具《ぶつぐ》などはほこりをかぶっていた。

「ここにはなにもないね」

二郎《じろう》があきらめかけたとき、

「あ、あそこに五右衛門《ごえもん》がいる」

マリが言《い》った。

よく見《み》ると五右衛門《ごえもん》はなにかをくわえている。

「あれ、ネズミか？」

二郎《じろう》が近《ちか》づくと、暗《くら》がりの隅《すみ》に見《み》えたのは、ネズミではなく、ブリキのおもちゃだった。

マリは、喬《たかし》から聞《き》いた『ブリキのネズミ』に間違《まちが》いないと思《おも》った。

以前《いぜん》、喬《たかし》が持《も》っていた、おじいさんの形見《かたみ》のブリキのネズミは、ウソかホントかを耳《みみ》の動《うご》きで教《おし》えてくれる不思議《ふしぎ》な力《ちから》があったが、それとは、また少《すこ》し違《ちが》う気《き》がする。

彼《かれ》が話《はな》したネズミ天国《てんごく》の話《はなし》と、このブリキのネズミとなにか関係《かんけい》があるのだろうか？

「そのブリキのネズミ、わたしにちょうだい」

手招《てまね》きすると、五右衛門《ごえもん》はこちらに来《き》て、ブリキのネズミをマリの足元《あしもと》に置《お》いて、また姿《すがた》を消《け》した。

マリはほこりにまみれたブリキのネズミを手《て》にした。

マリはブリキのネズミを大切《たいせつ》に持《も》って学校《がっこう》に戻《もど》ると、喬《たかし》が休《やす》んでいる保健室《ほけんしつ》に向《む》かった。

「大福寺《だいふくじ》でブリキのネズミを見《み》つけたんだけれど、これじゃない？」

「ブリキのネズミを見《み》つけたの？」

マリがブリキのネズミを見《み》せると、

「これがあれば、ネズミ天国《てんごく》が救《すく》えるよ」

と、喬《たかし》は言《い》った。

「こんな古《ふる》いおもちゃにそんな力《ちから》があるの？」

マリが聞《き》いた。

「あるよ。これはただのおもちゃじゃないんだ。ネズミ天国《てんごく》へ案内《あんない》してくれる道先案内人《みちさきあんないにん》なんだ。そして、葵町《あおいちょう》を水没《すいぼつ》から救《すく》う鍵《かぎ》でもあるんだ」

喬《たかし》が力《ちから》を込《こ》めた。

「これ、どうやって使《つか》うの？」

マリは身《み》を乗《の》り出《だ》した。

「これを使《つか》うには、また地下《ちか》に戻《もど》らないと……」

喬《たかし》は立《た》ち上《あ》がろうとしたが、ふらついてまたベッドに腰《こし》をおろしてしまった。

まだ疲《つか》れが取《と》れていないようだ。

そこへ、マサルたちが、どかどかと保健室《ほけんしつ》に入《はい》ってきた。

「大福寺《だいふくじ》の和尚《おしょう》さんが、この辺《あた》りに、江戸時代《えどじだい》に徳川家《とくがわけ》のお宝《たから》を埋《う》めたという言《い》い伝《つた》えがあるって言《い》ってたんだけど、喬《たかし》は知《し》らないか？」

「そんなものはないよ」

喬《たかし》はすぐに否定《ひてい》した。

「でも、古文書《こもんじょ》にそう書《か》いてあるんだってよ。どこかとは書《か》いてなかったそうだけど」

ヤスオが言《い》った。

マサルだけでなくヤスオたちも、お宝《たから》の魔力《まりょく》に取《と》り憑《つ》かれているのかもしれない。

「それはきっと昔《むかし》の人《ひと》の間《あいだ》のうわさ話《ばなし》だよ」

「そうよね。わたしは最初《さいしょ》からまったく信《しん》じなかったけれど」

マリも強《つよ》く否定《ひてい》した。

「とにかく、あと少《すこ》しだけ休《やす》ませてもらうよ、一時間《じかん》したら起《お》こしてほしい。そうしたら、ブリキのネズミをつれて、ネズミたちを助《たす》けに行《い》こう」

喬《たかし》はそう言《い》って、再《ふたた》び保健室《ほけんしつ》のベッドに横《よこ》になった。


一時間後《じかんご》、マリが保健室《ほけんしつ》へ戻《もど》ってみると、喬《たかし》とブリキのネズミの姿《すがた》はなかった。

喬《たかし》を捜《さが》して学校《がっこう》をさまよっていると、マリはいきなり校内放送《こうないほうそう》で呼《よ》び出《だ》された。

校長室《こうちょうしつ》まで行《い》くと、校長先生《こうちょうせんせい》と教頭先生《きょうとうせんせい》以外《いがい》に、二人《ふたり》の見慣《みな》れない男《おとこ》が立《た》っていた。

「あなたが、マリさん？」

マリが二人《ふたり》の前《まえ》に行《い》くと、話《はな》しかけてきた。

「こう大雨《おおあめ》が降《ふ》ると大変《たいへん》だね」

「いえ、慣《な》れているので、それほどでもありません」

マリは警戒《けいかい》して、当《あ》たり障《さわ》りのないことを答《こた》えておいた。

「たしか、あなたは双子《ふたご》だと聞《き》いたけれど、お姉《ねえ》さんの方《ほう》だね」

男《おとこ》の一人《ひとり》が聞《き》いた。

「なぜ、そんなことまでご存知《ぞんじ》なんですか？」

「いなくなった小学生《しょうがくせい》の中《なか》に、双子《ふたご》の姉妹《しまい》がいると聞《き》いたので」

「警察《けいさつ》の方《かた》ですか？」

「そう」

二人《ふたり》は警察手帳《けいさつてちょう》を見《み》せた。

「あなたは妹《いもうと》さんが行方不明《ゆくえふめい》になったことについて、なにか心当《こころあ》たりはあるかな？　北小《きたしょう》の工《こう》事現場《じげんば》で消《き》えてしまったそうだね？」

「ええ、後《うし》ろにいたはずだったのに、いきなりいなくなっちゃったんです」

「近《ちか》くに人影《ひとかげ》などは見《み》かけなかった？」

「わたしたち以外《いがい》は、だれもいませんでした」

「急《きゅう》にいなくなったということは、だれかにつれ去《さ》られた可能性《かのうせい》が非常《ひじょう》に高《たか》いと思《おも》うんだけど、だれも見《み》かけなかったというのは、不思議《ふしぎ》だね。その後《ご》、家《いえ》に身代金《みのしろきん》の要求《ようきゅう》などはなかったかな？」

「ありません。身代金《みのしろきん》を出《だ》せと言《い》われても、家《うち》は貧乏《びんぼう》ですから出《だ》せません」

マリは、きっぱりと言《い》った。

「あとのもう一人《ひとり》の家《いえ》にも身代金《みのしろきん》の要求《ようきゅう》はなかったようだからね」

刑事《けいじ》の一人《ひとり》が言《い》った。

多分《たぶん》、タケルのことだろう。

「つれて行《い》かれたとしても、ユリがねらわれる理由《りゆう》がなにかあるんですか?」

マリが聞《き》いた。

「それがわからないんだ。どうも金《かね》のためではないらしいので、警察《けいさつ》でも頭《あたま》をかかえているんだよ」

マリは喬《たかし》が言《い》った、ユリたちが地下《ちか》にいるだろうということは言《い》わなかった。地下《ちか》にいると言《い》えば、すぐに警察《けいさつ》は殺《ころ》されたと判断《はんだん》すると思《おも》ったからだ。

それに、地下《ちか》にいるなんて、あまりにも突飛《とっぴ》すぎて、正直《しょうじき》マリだってついていけない。ましてや大人《おとな》たちに信《しん》じてもらえるとは思《おも》えないし、頼《たよ》りにもできない。

喬《たかし》が言《い》っていることが本当《ほんとう》なら、ここは喬《たかし》に任《まか》せるしかないのだ。

「話《はなし》は変《か》わるけど、最近《さいきん》、古《ふる》いお宝《たから》の話《はなし》を聞《き》いたりしてない?」

刑事《けいじ》が聞《き》いた。

「あります。うちのクラスでもよく耳《みみ》にします」

「小学校《しょうがっこう》にまで？」

刑事《けいじ》は驚《おどろ》いたようだった。

「わたしは、あの話《はなし》は全然《ぜんぜん》信用《しんよう》していませんが、信《しん》じている人《ひと》はいるようです」

「そこなんだ。その宝《たから》を探《さが》しに、北部小学校《ほくぶしょうがっこう》の穴《あな》から地下《ちか》に潜《もぐ》って行方不明《ゆくえふめい》になってる人《ひと》もいるんじゃないかという証言《しょうげん》も出《で》てきているんだ」

「ユリが、わたしにだまってそんなことをするはずがありません」

マリはすぐに頭《かぶり》を振《ふ》って否定《ひてい》した。

刑事《けいじ》たちは腕《うで》を組《く》むと、

「わかっている。ありがとう、参考《さんこう》になったよ」

と、マリに言《い》って、校長室《こうちょうしつ》を出《で》ていった。

「この辺《あた》りの地下《ちか》に、お宝《たから》が眠《ねむ》っているという話《はなし》があるのを校長先生《こうちょうせんせい》はご存知《ぞんじ》ですか？」

刑事《けいじ》たちが帰《かえ》ると、教頭《きょうとう》は校長《こうちょう》に耳打《みみう》ちした。

「そうなんですか？」

知《し》らなかったようで、校長《こうちょう》は驚《おどろ》いたようだった。

「そのお宝騒動《たからそうどう》の裏《うら》で、大《おお》がかりな詐欺《さぎ》グループが動《うご》いているみたいで、警察《けいさつ》はその捜査《そうさ》にも取《と》りかかっているらしいんです」

「詐欺《さぎ》グループというと？」

校長《こうちょう》は眉《まゆ》をひそめた。

「わたしには新聞記者《しんぶんきしゃ》の友人《ゆうじん》がいるんですが、彼《かれ》の話《はなし》によると、その詐欺《さぎ》グループは、ありもしないお宝話《たからばなし》をでっち上《あ》げて、資金《しきん》を集《あつ》めているらしいんです」

「そんなバカげた話《はなし》に、お金《かね》を出《だ》す人《ひと》がいるんですか？」

「当然《とうぜん》、なにもしないのでは、だれもお金《かね》を出《だ》してくれないので、実際《じっさい》に地下《ちか》を掘《ほ》っていたそうです。この間《あいだ》、北部小学校《ほくぶしょうがっこう》のグラウンドが陥没《かんぼつ》したのは、そいつらが地下《ちか》を掘《ほ》って、空洞《くうどう》ができたからだと警察《けいさつ》は見《み》ているんです」

「そんなに大変《たいへん》なことになっているんですか？」

校長《こうちょう》は驚《おどろ》いて目《め》をむいた。

「工事《こうじ》の請負業者《うけおいぎょうしゃ》は完全《かんぜん》にグルです。陥没《かんぼつ》したらしたで、埋《う》め戻《もど》しに時間《じかん》をかけて工事費《こうじひ》の釣《つ》り上《あ》げをしてみたり、有料《ゆうりょう》で引《ひ》き取《と》った産業廃棄物《さんぎょうはいきぶつ》で穴《あな》を埋《う》める計画《けいかく》を立《た》てたり、よくもまあ次《つぎ》から次《つぎ》へと悪知恵《わるぢえ》が働《はたら》くものだと、逆《ぎゃく》に感心《かんしん》しますよ」

教頭《きょうとう》は話《はな》しているうちに興奮《こうふん》したのか、次第《しだい》に声《こえ》が大《おお》きくなった。

「後《あと》は、北小《きたしょう》の先生方《せんせいがた》がどこまで関《かか》わっていたのかということのようですが……。おっと児童《じどう》の前《まえ》でしゃべりすぎました」

マリの存在《そんざい》を忘《わす》れていたのか、教頭《きょうとう》はあわてて口《くち》をつぐんだ。

教頭《きょうとう》の話《はなし》を信《しん》じるとすれば、地下《ちか》の穴《あな》は詐欺《さぎ》グループが掘《ほ》った穴《あな》ということになる。そうなるとユリたちはどこへ行《い》ったのだろう。

校長室《こうちょうしつ》を出《で》たマリは、一体全体《いったいぜんたい》、なにを信《しん》じたらいいのか、わからなくなってきた。

## 3

「喬《たかし》が保健室《ほけんしつ》から消《き》えたらしい」

ヤスオは男子《だんし》トイレで、お宝探偵団《たからたんていだん》のメンバーを集《あつ》めてそう切《き》り出《だ》した。

「おれが思《おも》うに、喬《たかし》は、徳川家《とくがわけ》のお宝《たから》を探《さが》しにいったんだと思《おも》う」

「ちょっと考《かんが》えすぎじゃないかな？」

ケンタが言《い》った。

「おれたちにだまって行《い》くなんて怪《あや》しいだろ」

ヤスオは引《ひ》かない。

「おれたちがお宝《たから》の話《はなし》をしたら、いきなりドロンだからな」

マサルはヤスオの意見《いけん》に傾《かたむ》いた。

「喬《たかし》くんの考《かんが》えていることは、正直《しょうじき》よくわからないけど、あっちにはユリがいるんだよ、ぼくらを裏切《うらぎ》るようなことするかな？」

ケンタは否定的《ひていてき》だ。

「それもそうだよな」

マサルはすぐに考《かんが》え直《なお》した。

「おれの言《い》っているのは、宝《たから》を独《ひと》り占《じ》めにされるとか、そんな小《ちい》さいことじゃないんだ。宝探《たからさが》しなんて、こんなおもしろそうなゲームがあるのに、参加《さんか》しないなんて選択肢《せんたくし》はないんじゃないかってことなんだ」

ヤスオは熱弁《ねつべん》を振《ふ》るった。

「たしかにそれも一理《いちり》あるな」

マサルはまたヤスオ側《がわ》に引《ひ》き戻《もど》された。もうぶれまくりだ。

「おれはヤスオに賛成《さんせい》だな。お宝探《たからさが》して洞窟探検《どうくつたんけん》するなんて、こんなおもしろそうなことやらないやつは、弱虫《よわむし》かバカだ」

ヒロが言《い》った。

「で、ケンタはどうする？」

みんながケンタに注目《ちゅうもく》した。

「わかったよ」

ついにケンタも押《お》し切《き》られた。

「まずは、どうやって地下《ちか》にもぐるかだね」

やるとなったら心《こころ》は一つだ。ケンタは、お宝探偵団《たからたんていだん》のメンバーを見回《みまわ》した。みんなの顔《かお》も輝《かがや》いている。

「確実《かくじつ》に入《い》り口《ぐち》があるのは北小《きたしょう》の工事現場《こうじげんば》だと思《おも》う」

まずヤスオが言《い》った。

「なんでわかるんだ？」

ヒロがヤスオの顔《かお》を見《み》た。

「ユリがいなくなったのが北小《きたしょう》の工事現場《こうじげんば》だし、喬《たかし》が出《で》てきたのも同《おな》じ場所《ばしょ》だった。間違《まちが》いなくあそこには入《い》り口《ぐち》があるぜ」

ヤスオが答《こた》えた。

「でもあの工事現場《こうじげんば》から入《はい》るのは、一つ問題《もんだい》があるぜ。あそこは今《いま》、完全《かんぜん》に水没《すいぼつ》しちまった。喬《たかし》も出《で》てきた時《とき》はへとへとだったらしい」

マサルが言《い》った。

「そんなところから入《はい》る自信《じしん》はないよ」

ひ弱《よわ》そうなケンタはおよび腰《ごし》である。

「だれか酸素《さんそ》ボンベを持《も》っている、なんてことはないよな」

「あたりまえだ。持《も》ってるやつも知《し》らないよ」

わかっていながら言《い》ったヒロに、マサルが首《くび》を横《よこ》に振《ふ》った。

「とにかく北小《きたしょう》の工事現場《こうじげんば》に行《い》ってみよう。もしかすると水《みず》が引《ひ》いているかもしれないからな」

ヤスオの指示《しじ》で、避難所《ひなんじょ》の学校《がっこう》からこっそりみんなで抜《ぬ》け出《だ》した。

水《みず》はあいかわらず道路《どうろ》にたまっているので、レインコートに長靴《ながぐつ》をはいて外《そと》に出《で》た。

こんなとき、大人《おとな》は出歩《であ》かないので、通《とお》りには子《こ》どもしかいない。水《みず》の中《なか》をぴちゃぴちゃと音《おと》をたてて歩《ある》くのは嫌《きら》いではない。というより好《す》きだと言《い》った方《ほう》がいい。

雨《あめ》が降《ふ》り続《つづ》く中《なか》、北小《きたしょう》の工事現場《こうじげんば》を覗《のぞ》くと、残念《ざんねん》ながら水《みず》は引《ひ》いていなかった。

「こりゃあダメだ。前《まえ》より水《みず》が増《ふ》えている」

マサルは頭《あたま》をかかえた。

北部小学校《ほくぶしょうがっこう》の校庭《こうてい》は、一面《いちめん》が水《みず》に覆《おお》われ、溜池《ためいけ》のようになっている。

「ここから地下《ちか》に入《はい》るのは、あきらめた方《ほう》がよさそうだな」

ヒロはため息《いき》をついた。

「喬《たかし》もここからじゃ地下《ちか》に戻《もど》れないはずだ。だとすると、どこかほかに入《い》り口《ぐち》があるはずだ」

ヤスオはあきらめていない。

「大福寺《だいふくじ》には、それっぽい空井戸《からいど》があったよな」

マサルの頭《あたま》がひらめいた。

「それだ！」

ヤスオが自分《じぶん》の膝《ひざ》を打《う》った。

「トンも連《つ》れていこう。地下《ちか》で喬《たかし》やユリを見《み》つけるのに役《やく》に立《た》つはずだ」

ヒロはもう地下《ちか》に入《はい》った気《き》になっている。

お宝探偵団《たからたんていだん》の四人《にん》は踵《きびす》を返《かえ》し、大福寺《だいふくじ》へ向《む》かった。

## 4

マリは校内《こうない》でマサルたちを捜《さが》したが、どこにもいなかった。

二郎《じろう》はマンションに住《す》んでいるので、初《はじ》めから避難所《ひなんじょ》の葵小《あおいしょう》に来《く》る必要《ひつよう》はない。

連絡《れんらく》してみたが、二郎《じろう》のところにも行《い》っていないようだった。

「喬《たかし》くんと一緒《いっしょ》に出《で》かけたのかな？」

古書店《こしょてん》の不昧堂《ふまいどう》は浸水《しんすい》の心配《しんぱい》はなかったが、あえて学校《がっこう》に残《のこ》っていたサキが言《い》った。

「きっとそうよ。わたしたちだけ除《の》け者《もの》にするなんて、ちょっと許《ゆる》せない」

マリは収《おさ》まらない。

「ところで、うちの店《みせ》にもおもしろい本《ほん》があったんだ」

サキは一冊《さつ》の古《ふる》い書物《しょもつ》を、自分《じぶん》のカバンから取《と》り出《だ》した。

「この本《ほん》によると、どんなにひどい洪水《こうずい》で葵町《あおいちょう》が水浸《みずびた》しになっても、絶対《ぜったい》に水《みず》を満《み》たさない空《から》井戸《いど》があるんだって。それってちょっと不思議《ふしぎ》じゃない？」

サキは、ざっと本《ほん》の内容《ないよう》を説明《せつめい》した。

水《みず》があって然《しか》るべきときにも水《みず》がないなんて、それはもう井戸《いど》ではない。

そして思《おも》い当《あ》たるそんな空井戸《からいど》は……。

「大福寺《だいふくじ》の空井戸《からいど》？」

「多分《たぶん》そう」

マリの問《と》いにサキはうなずいた。

「これは行《い》ってみるしかないね」

その足《あし》で、マリとサキは大福寺《だいふくじ》の空井戸《からいど》へ向《む》かった。

大福寺《だいふくじ》の境内《けいだい》は水《みず》に浸《つ》かって、マリたちの膝下《ひざした》くらいまで来《き》ていた。

雨《あめ》の中《なか》、水《みず》をかき分《わ》け裏手《うらて》に回《まわ》り込《こ》み、空井戸《からいど》に辿《たど》り着《つ》くと、マサルとヒロ、ケンタ、ヤスオが先《さき》に来《き》ていた。

「あんたたち！」

「なんだ、マリ、偶然《ぐうぜん》だな」

苦笑《にがわら》いする四人《にん》。

しかし、そこに喬《たかし》の姿《すがた》はなかった。

「喬《たかし》くんはどうしたの。一緒《いっしょ》じゃなかったの？」

サキが聞《き》いた。

「ああ、おれたちだけだ」

どうやら、喬《たかし》は一人《ひとり》でいなくなったようだ。

「これを見《み》てみろよ。井戸《いど》の中《なか》には水《みず》なんか全然《ぜんぜん》ない。空《から》っぽだぜ」

マサルが井戸《いど》の蓋《ふた》をはずすと、声《こえ》をあげた。

マリたちみんながのぞきこんだが、マサルの言《い》うとおり、蓋《ふた》がしてあったとはいえ、こんな大雨《おおあめ》なのに中《なか》は乾《かわ》いたままだった。

「この井戸《いど》はなにかあるぜ。入《はい》ってみるか？」

マサルがケンタに言《い》った。

「えっ、ぼくが？」

ケンタは尻込《しりご》みした。

「トンに行《い》ってもらったら？　ダックスフントの手足《てあし》がなんで短《みじか》いかっていうと、せまい穴《あな》に

入《はい》った獲物《えもの》を狩《か》るために品種改良《ひんしゅかいりょう》されたからなの。だから、穴《あな》を調《しら》べるのにトンは最適《さいてき》な犬《いぬ》なのよ」

物知《ものし》りのサキが言《い》った。

「へえ、そうだったんだ」

飼《か》い主《ぬし》のヒロが感心《かんしん》している。

もともとトンは二郎《じろう》のうちのペットだったが、わけあって今《いま》はヒロの家《いえ》で世話《せわ》している。

「おまえ、行《い》ってくれるか?」

ヤスオは、ヒロが抱《だ》いてきたトンに話《はな》しかけた。

トンはその言葉《ことば》がわかったのか、さかんにしっぽを振《ふ》った。

「よし。では行《い》ってこい」

ヒロはトンにひもをつけて、井戸《いど》の底《そこ》へ下《お》ろした。

トンは井戸《いど》の底《そこ》に着《つ》いたのか、吠《ほ》えてみせた。

トンが、ヒロが持《も》っていたひもを強《つよ》く引《ひ》っぱったので、ヒロはつい放《はな》してしまった。

すると、ひもはそのまま指《ゆび》の間《あいだ》をすり抜《ぬ》け、トンも姿《すがた》を消《け》してしまった。

「トン!」

ヒロは呼《よ》んでみた。普通《ふつう》なら「ワン」と吠《ほ》えるはず。だが返事《へんじ》はない。

「トンがやばい。行《い》って見《み》てくる」

ヒロは近《ちか》くからロープを見《み》つけて、それを伝《つた》って井戸《いど》の底《そこ》へ下《お》りていった。

井戸《いど》の底《そこ》は暗《くら》くてなにも見《み》えないので、マサルは、

「ヒロ！」

と、呼《よ》んでみた。しかし、答《こた》えはない。

「トンもヒロも消《き》えた。どうしたんだ？　おれも行《い》ってみる」

「ちょっと待《ま》ちなさいって」

井戸《いど》に入《はい》ろうとするマサルをマリが止《と》めた。

「マサルが入《はい》ったら、なにかあってもわたしたちじゃ引《ひ》き上《あ》げられない。だからわたしが行《い》く」

マリはマサルを押《お》しのけ、ヒロの使《つか》ったロープを伝《つた》って井戸《いど》の底《そこ》へ下《お》りていった。

「マリ、下《した》はどうだ？」

マサルは、マリが井戸《いど》の底《そこ》へ着《つ》くころを見《み》はからって声《こえ》をかけた。

「トンもヒロもいない」

マリの声《こえ》が返《かえ》ってきた。

「あ、ここに横穴《よこあな》がある。そこへ入《はい》ったのかもしれない。わたしも行《い》ってみる」

それからしばらく声《こえ》が聞《き》こえなくなったので、

「どうなってるんだ？」

と、マサルは井戸《いど》の底《そこ》に向《む》かって叫《さけ》んだ。

「這《は》っていけるほどの大《おお》きさだけど。中《なか》は……、奥《おく》は真《ま》っ暗《くら》でなにも見《み》えない。あっ、トンとヒロが出《で》てきた」

「穴《あな》がどこへ通《つう》じているか進《すす》んでみたけど、行《い》き止《ど》まりだった」

その横穴《よこあな》から顔《かお》を出《だ》すと、ヒロが言《い》った。

「きっと、その横穴《よこあな》は地下水脈《ちかすいみゃく》につながっていたんだわ。でも、行《い》き止《ど》まりだったら水《みず》は流《なが》れないわね」

マリはますますわからなくなった。


「それにしても、あんたたちはここでなにをするつもりだったの？　まさか、まだ宝探《たからさが》しをするつもりだったの？」

井戸《いど》の上《うえ》に引《ひ》き上《あ》げてもらったマリは、マサルたちを問《と》い詰《つ》めた。

「そうだ。タケルたちだけに、こんなおもしろそうなことやらせておけねえだろ」

マサルが不機嫌《ふきげん》そうに言《い》った。

「今《いま》さっき、学校《がっこう》に刑事《けいじ》が二人《ふたり》やって来《き》たの」

「なんだ。なにか悪《わる》いことでもしたのか？」

「違《ちが》うわよ。校長先生《こうちょうせんせい》たちもいて、いろいろと話《はな》してくれた」

「ふーん」

マサルはまったく関心《かんしん》を示《しめ》さない。

「お宝探《たからさが》しのことも話《はな》してくれたわ」

マリが言《い》うと、急《きゅう》に顔色《かおいろ》を変《か》えた。

「どうして警察《けいさつ》が知《し》ってるんだ？」

「あの話《はなし》は詐欺師《さぎし》が仕組《しく》んだでっち上《あ》げのウソ話《ばなし》だって言《い》ってたわ。だからあなたたちも、すぐに手《て》を引《ひ》きなさい」

「その話《はなし》は信《しん》じられないな」

マサルは首《くび》を横《よこ》に振《ふ》った。

「大人《おとな》たちもだまされてるそうよ。それは、みんな詐欺師《さぎし》の仕組《しく》んだ話《はなし》に乗《の》せられたんだって。警察《けいさつ》はその詐欺師《さぎし》を追《お》いかけているらしいわ」

「へえ、それは初耳《はつみみ》だな」

「北小《きたしょう》が陥没《かんぼつ》したのも、お宝探《たからさが》しに関係《かんけい》があるんだって」

「ええっ」

マサルはまさか、という顔《かお》になった。

「詐欺《さぎ》グループの連中《れんちゅう》が地下《ちか》を掘《ほ》っていたら、そこに空洞《くうどう》ができて、北小《きたしょう》のグラウンドが陥没《かんぼつ》したんだって」

「まじか」

その話《はなし》を聞《き》いて、いちばん驚《おどろ》いたのはヒロだった。

「警察《けいさつ》におれたちのこと話《はな》さなかっただろうな」

マリに念《ねん》を押《お》した。

「するわけないじゃん。話《はな》してたら、あなたたちも警察《けいさつ》に呼《よ》ばれるよ」

「警察《けいさつ》に呼《よ》ばれたら、おやじにぶんなぐられる」

マサルは頭《あたま》を押《お》さえた。

「おれたちはなにも悪《わる》いことをしたわけじゃない。びびるな」

ヤスオは、あわてているマサルを笑《わら》った。

「だけど、大人《おとな》たちが地下《ちか》を掘《ほ》っているのは事実《じじつ》だ。北小《きたしょう》の陥没《かんぼつ》は本当《ほんとう》だろうね」

ケンタが言《い》った。

「おれたちはもうお宝《たから》から手《て》を引《ひ》こうぜ。ちょっと残念《ざんねん》だけど」

ヒロが悔《くや》しそうな顔《かお》をした。

「それにしても大人《おとな》って、お金《かね》に弱《よわ》いからな。お宝《たから》って聞《き》くと簡単《かんたん》に引《ひ》っかかっちゃうんだよ」

ヤスオが言《い》った。

「あなたたちだってそうじゃない」

マリが言《い》うと、大笑《おおわら》いになった。

「じゃ、いなくなった連中《れんちゅう》は地下《ちか》でなにしてるんだ？」

マサルが顔《かお》をしかめた。

「生《い》きてるって、喬《たかし》くんは言《い》ってたじゃない」

「マリ、喬《たかし》の言《い》うことを信《しん》じてるのか？」

「だって、それ以外《いがい》ないでしょう？」

「本当《ほんとう》にだいじょうぶなのか？」

ヤスオは首《くび》をかしげた。

「おまえは葬儀屋《そうぎや》だから、死《し》んだ方《ほう》がもうかるとでも思《おも》ってるんだろう？」

ヒロが言《い》うと、

「おまえ、おれをそういう人間《にんげん》だと思《おも》っていたのか？」

ヤスオにしてはめずらしく、顔《かお》を真《ま》っ赤《か》にして怒《おこ》った。

「怒《おこ》るな、冗談《じょうだん》だ」

ヒロは大笑《おおわら》いした。

「冗談《じょうだん》にしても、言《い》っていいことと悪《わる》いことがある」

「わかってるわよ、ヤスオが心配《しんぱい》している気持《きも》ちは。けんかしないで。きっとどこかにいる。

みんな死《し》んでなんかいない」

マリは断定《だんてい》した。

「でも、ここが行《い》き止《ど》まりだとすると、あとはどこだ？」

ヒロは首《くび》をひねった。

「いや、ここでだいじょうぶだよ」

後《うし》ろの方《ほう》でした声《こえ》にみんなが一斉《いっせい》に振《ふ》り向《む》くと、そこには喬《たかし》が立《た》っていた。

5

「起《お》きてる？」

真《ま》っ暗闇《くらやみ》の地下空間《ちかくうかん》で、タケルが声《こえ》を出《だ》した。

「うん、起《お》きてるよ」

すぐ隣《となり》からユリの声《こえ》が聞《き》こえる。

ユリが持《も》っていた懐中電灯《かいちゅうでんとう》が一台《だい》あったが、電池《でんち》が切《き》れてしまわないように、普段《ふだん》は消《け》している。

二人《ふたり》は地下通路《ちかつうろ》の先《さき》にある、喬《たかし》が呼《よ》ぶところの、ネズミ天国《てんごく》という地下空間《ちかくうかん》にいた。

「喬《たかし》くんは地上《ちじょう》についたかな？」

「彼《かれ》ならきっとだいじょうぶだよ」

確証《かくしょう》はもてなかったが、タケルはそう言《い》った。

喬《たかし》が水没《すいぼつ》した通路《つうろ》に飛《と》び込《こ》んでから、何時間《なんじかん》たったのだろう。

息《いき》がつまって、大声《おおごえ》で叫《さけ》びたくなるのをなんとか抑《おさ》えるのに必死《ひっし》だった。

頭《あたま》の上《うえ》をなにかが這《は》いずり回《まわ》っている。

きっとチューだ。

昨日《きのう》からタケルの頭《あたま》を縄張《なわば》りにしている、ハツカネズミである。

その人《ひと》なつっこいネズミを、タケルはチューと名《な》づけた。

ネズミ天国《てんごく》には、ネズミたちがひしめき合《あ》っている。タケルたちがライトを点《つ》けないもう一つの理由《りゆう》は、ネズミたちを驚《おどろ》かせないためである。

ネズミ天国《てんごく》と言《い》っても、そこは大《おお》きな岩《いわ》の割《わ》れ目《め》にできた空間《くうかん》だった。その空間《くうかん》は縦《たて》に長《なが》く、タケルたちが勉強《べんきょう》している教室《きょうしつ》くらいの広《ひろ》さはあった。

全体的《ぜんたいてき》にデコボコしていて、平《たい》らな場所《ばしょ》はほとんどない。そこからいくつもの通路《つうろ》がのびている。

そして今《いま》はどの通路《つうろ》も水没《すいぼつ》し、タケルとユリとたくさんのネズミたちは、この空間《くうかん》に閉《と》じ込《こ》

められていた。

喬《たかし》の案内《あんない》で、一本《ぽん》の通路《つうろ》からここへたどりついたのは昨日《きのう》のことだった。

ネズミ天国《てんごく》には、タケルたち以外《いがい》にも別《べつ》の訪問者《ほうもんしゃ》がいた。

その人物《じんぶつ》はライトつきのヘルメットをかぶっていた。篠田《しのだ》かと思《おも》って、声《こえ》をかけようとするタケルを、喬《たかし》は口《くち》の前《まえ》に指《ゆび》を立《た》ててだまらせた。

よく見《み》ると、篠田《しのだ》とは似《に》ても似《に》つかぬ、いかつい男《おとこ》たちだった。

作業服《さぎょうふく》を着《き》た数人《すうにん》の男《おとこ》たちは、この洞穴《ほらあな》を探索《たんさく》しているようだ。

お宝《たから》だとか、抜《ぬ》け道《みち》だとかいう言葉《ことば》が、ところどころから聞《き》こえてくる。

「宝探《たからさが》しの連中《れんちゅう》だな」

喬《たかし》が、岩陰《いわかげ》から小声《こごえ》で言《い》った。

下町《したまち》とはいえ東京《とうきょう》の真《ま》ん中《なか》でこんなことしている人《ひと》たちが、本当《ほんとう》にいたんだ。

タケルはなんだか感心《かんしん》してしまった。

「それにしても、あいつら乱暴《らんぼう》じゃないか？」

男《おとこ》たちはたくさんいるネズミたちを、踏《ふ》んだり蹴《け》ったりやりたい放題《ほうだい》である。

「ネズミの住処《すみか》なのに、あの態度《たいど》は良《よ》くないよ」

喬《たかし》がそう言《い》うと、男《おとこ》たちの肩《かた》を白《しろ》いものが駆《か》け上《あ》がるのが見《み》えた。

その瞬間《しゅんかん》、ヘルメットのライトがいきなり消《き》えた。そして次《つぎ》から次《つぎ》へ、男《おとこ》たちのライトが消《き》えていき、辺《あた》りは真《ま》っ暗《くら》になった。

「どうなってるんだ？」

男《おとこ》たちはあわててたしかめたが、ライトはもう点《つ》くことはない。男《おとこ》たちのライトはネズミが食《く》いちぎったのだ。

「賢《かしこ》いのがいるね。あの白《しろ》いやつだ」

喬《たかし》の顔《かお》は見《み》えなかったが、笑《わら》っているのがわかる。

「なんだ！」

「うあああ」

「やめろ！」

暗闇《くらやみ》の中《なか》で男《おとこ》たちの叫《さけ》び声《ごえ》が聞《き》こえた。

そしてやがて静《しず》かになった。

「終《お》わったみたいだよ」

喬《たかし》はそう言《い》って、自分《じぶん》のライトを天井《てんじょう》に向《む》けて点《つ》けると、辺《あた》りは照《て》り返《かえ》しで薄《うす》ぼんやりと明《あか》るくなり、三人《にん》の男《おとこ》たちが倒《たお》れているのが見《み》えた。

喬《たかし》が言《い》っていたとおり、倒《たお》れた男《おとこ》の上《うえ》に一匹《ぴき》の白《しろ》いネズミがおれの獲物《えもの》だと言《い》わんばかりに、たたずんだままこちらを見《み》ている。

「ネズミたちが殺《ころ》しちゃったのかな?」

「だいじょうぶ、気《き》を失《うしな》っているだけだよ。たぶん転《ころ》ばされて頭《あたま》でも打《う》ったんだろ」

喬《たかし》が言《い》った。

「このネズ公《こう》!」

不意《ふい》に一人《ひとり》の男《おとこ》が起《お》き上《あ》がった。

その男《おとこ》は持《も》っていたシャベルを振《ふ》りかざし、その白《しろ》ネズミに向《む》けて振《ふ》り下《お》ろした。

思《おも》わずタケルは、近《ちか》くにあった石《いし》をその男《おとこ》に向《む》かって投《な》げていた。

ガッツン!

タケルの投《な》げた石《いし》は、上手《うま》いこと男《おとこ》のシャベルに当《あ》たった。

そのせいで軌道《きどう》がそれたのか、白《しろ》ネズミはきつい一撃《いちげき》をかわすことができた。

「なんだ、おまえは」

男《おとこ》は視線《しせん》をこちらに向《む》けると、鬼《おに》の形相《ぎょうそう》で迫《せま》ってきた。

その時《とき》、ごうごうと地響《じひび》きのような音《おと》がした。しかも、それは次第《しだい》にこちらへ近《ちか》づいてくる。

「その岩《いわ》に飛《と》びつけ!」

喬《たかし》がいきなり叫《さけ》んだ。

タケルの体《からだ》は考《かんが》えるより先《さき》に動《うご》いた。

そして次《つぎ》の瞬間《しゅんかん》、大量《たいりょう》の水《みず》が押《お》し寄《よ》せてきた。

タケルは岩《いわ》にしがみついて事《こと》なきを得《え》たが、男《おとこ》たちは押《お》し流《なが》されたのか、その姿《すがた》はどこにも見《み》えなくなった。

「これはまずいな。通路《つうろ》に水《みず》が入《はい》ってきた。このままじゃ、ここも安全《あんぜん》とは言《い》えないぞ」

たくさんのネズミたちと壁《かべ》に張《は》りついていた喬《たかし》が言《い》った。

「とりあえず、流《なが》れが治《おさ》まるまで待《ま》とう」

喬《たかし》はそう言《い》って、近《ちか》くの岩《いわ》に飛《と》び移《うつ》り、腰《こし》をおろした。

「そうだね」

タケルもしがみついていた岩《いわ》に這《は》い上《あ》がった。

「チュー」

いつの間《ま》にかあの白《しろ》ネズミが、タケルの頭《あたま》の上《うえ》に乗《の》っていた。

「よかった。おまえも無事《ぶじ》だったんだね」

「チュー」

答《こた》えるように白《しろ》ネズミは、また鳴《な》いた。

「そうだ、おまえに名前《なまえ》をやろう。チューチュー鳴《な》くから名前《なまえ》はチューだ」

「チューチュー」

チューは嬉《うれ》しそうにタケルの上《うえ》を走《はし》り回《まわ》った。

「きみは見《み》かけによらず、安直《あんちょく》なんだな」

喬《たかし》が、くすっと笑《わら》った。

「ほっといてくれよ!」

タケルは顔《かお》を赤《あか》くして、苦笑《にがわら》いした。

流《なが》れが治《おさ》まったころ、頭《あたま》の上《うえ》にいたチューが急《きゅう》に騒《さわ》ぎ出《だ》した。

「どうしたんだ?」

タケルが言《い》うと、喬《たかし》は消《け》していたライトを再《ふたた》び点《つ》けた。

細《ほそ》い水路《すいろ》をなにかが流《なが》れてくる。その上《うえ》には逃《に》げ遅《おく》れたネズミたちが何匹《なんびき》か乗《の》っている。

「あれを助《たす》けろっていうのか?」

「チューチュー」

チューはそうだとでも言《い》うように鼻《はな》をピクピクさせた。

「待《ま》ってろ」

近《ちか》くまで流《なが》れて来《き》た時《とき》、タケルが腕《うで》を伸《の》ばして、水《みず》に浮《う》かんだそれをつかんでひっぱった。

「うわっ、これって人《ひと》だ!」

間近《まぢか》で見《み》ると、それは間違《まちが》いなく人《ひと》だった。

しかも女《おんな》の子《こ》で、タケルはその子《こ》に見覚《みおぼ》えがあった。

「マリちゃん?」

喬《たかし》もこちらの岩《いわ》に飛《と》び移《うつ》ってくると、彼女《かのじょ》にライトを当《あ》てた。

「いや、これはユリだ」

二人《ふたり》は協力《きょうりょく》してユリを岩《いわ》の上《うえ》まで引《ひ》き上《あ》げた。

「だいじょうぶ、息《いき》はある」

喬《たかし》はそう言《い》って、彼女《かのじょ》のほおをぴしゃぴしゃたたくと、ユリはすぐに息《いき》を吹《ふ》き返《かえ》した。

「あら、タケルくん。喬《たかし》くんもいるの？」

目《め》を覚《さ》ましたユリは、とぼけたことを言《い》った。

「……ああっ、わたし！　水《みず》たまりだと思《おも》ったら吸《す》い込《こ》まれて！」

ふいに記憶《きおく》が戻《もど》ったのか、ユリは大声《おおごえ》を出《だ》した。

「もうだいじょうぶ、きみは無事《ぶじ》だから」

タケルがなだめると、ユリは少《すこ》し落《お》ち着《つ》いた。

「水《みず》たまりに吸《す》い込《こ》まれたって、きみは言《い》ってたけど、それはどこで？」

タケルが聞《き》いた。

「北部小学校《ほくぶしょうがっこう》の工事現場《こうじげんば》。わたし、水《みず》たまりだと思《おも》って上《うえ》を通《とお》ったら、とても深《ふか》くて気《き》づいたらここにいたの……」

ユリは自分《じぶん》で確認《かくにん》するように、ゆっくり答《こた》えた。

「やっぱり北小《きたしょう》の穴《あな》があいたままなんだよ」

状況《じょうきょう》はタケルが想像《そうぞう》していたとおりだった。

北小《きたしょう》の穴《あな》とここがつながっているとすれば、雨《あめ》が降《ふ》り続《つづ》くかぎり、水《みず》は入《はい》ってくる。

心《こころ》なしか、さっきより水《みず》かさが増《ま》しているように感《かん》じる。タケルたちがいるこの空間《くうかん》が水《みず》に満《み》たされるのも、時間《じかん》の問題《もんだい》なのかもしれない。

「上《うえ》に抜《ぬ》け道《みち》はないの？」

タケルは喬《たかし》にたしかめた。

「ないよ。あったら、こいつらがとっくにそこから逃《に》げ出《だ》している」

喬《たかし》は寄《よ》り添《そ》うように集《あつ》まっているネズミたちを見《み》て言《い》った。

「じゃ、わたしたちはここで溺《おぼ》れるしかないの？」

不安気《ふあんげ》なユリの声《こえ》が、タケルの勇気《ゆうき》を奮《ふる》い立《た》たせた。

「ぼくが泳《およ》いで水路《すいろ》をさかのぼってみる。外《そと》に出《で》て必《かなら》ず助《たす》けを呼《よ》んでくるから」

やるなら、できるだけ早《はや》いほうがいいだろう。水《みず》はまだ冷《つめ》たいが、泳《およ》ぎには自信《じしん》がある。

「きみじゃ、無理《むり》だ」

「どうして？」

はなから否定《ひてい》する喬《たかし》に、タケルはくってかかった。

「北小《きたしょう》までは結構《けっこう》あるんだ。息継《いきつ》ぎなしで泳《およ》ぎきれる距離《きょり》じゃない」

喬《たかし》は冷静《れいせい》に指摘《してき》した。

「水路《すいろ》の天井《てんじょう》に隙間《すきま》くらいはあるはず。そこで空気《くうき》を吸《す》えば……」

「そうしたとしても、きみは迷路《めいろ》みたいな通路《つうろ》がどうつながっているのか知《し》ってるの？」

「それは……」

タケルには反論《はんろん》できない。

「その役目《やくめ》は、ぼくが最適《さいてき》だ」

そう言《い》うと、喬《たかし》は自《みずか》ら水《みず》の中《なか》に飛《と》び込《こ》んだ。

「喬《たかし》くん！」

タケルとユリは喬《たかし》の名《な》を呼《よ》んだ。

しばらくすると喬《たかし》は水面《すいめん》に顔《かお》を出《だ》した。

「きみだけに危険《きけん》なことをやらせられない」

「だいじょうぶ。きみはここでユリを守《まも》って待《ま》っていてよ」

喬《たかし》は、続《つづ》こうとするタケルに向《む》かって言《い》った。

「それに、助《たす》けが必要《ひつよう》なのは、ぼくらだけじゃない」

喬《たかし》に言《い》われて、タケルははっとなった。

タケルが助《たす》けを呼《よ》んでくれれば、自分《じぶん》たちは助《たす》かるだろう。しかし、このたくさんのネズミたちをだれが救《すく》うのか。

「ぼくの方法《ほうほう》なら、ここにいるネズミたちも丸《まる》ごと助《たす》けられるんだ」

喬《たかし》は言《い》った。

「なにを、どうするつもりなの？」

「すぐにわかるさ。その時《とき》は抵抗《ていこう》せず流《なが》れに身《み》を任《まか》せて……」

そこまで言《い》って、喬《たかし》は水《みず》の中《なか》へ姿《すがた》を消《け》した。


それから何時間《なんじかん》かたった。

水面《すいめん》はかなり上昇《じょうしょう》して、ネズミ天国《てんごく》の半分《はんぶん》は水《みず》の中《なか》に沈《しず》んでいる。ネズミたちは残《のこ》された壁《かべ》にびっしり張《は》りついていた。

食《た》べ物《もの》は、ネズミたちにやられた男《おとこ》たちが残《のこ》していったものが、上手《うま》いこと近《ちか》くに流《なが》れ着《つ》いたので、そこから拝借《はいしゃく》することにした。

「喬《たかし》くんならだいじょうぶ。あの子《こ》は見《み》かけによらず、とっても頼《たよ》りになるんだから」

ユリが言《い》った。

「うん。わかってる」

タケルは、こんな状況《じょうきょう》でも冷静《れいせい》でいられる自分《じぶん》に驚《おどろ》いていた。それはきっと、ユリやチューたちを守《まも》らなければならないという責任感《せきにんかん》によるものだろう。

それにしても、篠田先生《しのだせんせい》はいったいどこへ行《い》ってしまったのだろうか。あの男《おとこ》たちのように、どこかへ流《なが》されていってしまったのかもしれない。

そうだとしたら、篠田先生《しのだせんせい》も助《たす》けなければならない。そんなことを考《かんが》えているうちに、タケルはうとうと眠《ねむ》りに落《お》ちてしまった。

## 6

「ここでだいじょうぶって、どういうことだよ」

いきなりあらわれた喬《たかし》に、ヒロが詰《つ》め寄《よ》った。

「地下《ちか》に続《つづ》く通路《つうろ》を探《さが》しているんでしょ。だったらここで正解《せいかい》だよ」

喬《たかし》が言《い》った。

「どうするの？」

サキも興味津々《きょうみしんしん》である。

「まずは……」

喬《たかし》は空井戸《からいど》に向《む》かって、すたすたと歩《ある》き出《だ》した。

「入《はい》ってみる気《き》か？」

マサルが喬《たかし》に聞《き》くと、うなずいた。

「なんにもないぞ。せまい横穴《よこあな》はあるけど、すぐに行《い》き止《ど》まりだ」

一度中《いちどなか》に入《はい》っているヒロが言《い》った。

「本当《ほんとう》に行《い》き止《ど》まりか、これでたしかめよう」

そう言《い》いながら、喬《たかし》はポケットからブリキのネズミを取《と》り出《だ》した。

「そんなものでどうなるんだ？」

ヒロは不思議《ふしぎ》そうに、そのおもちゃをながめた。

「ブリキのネズミがどんな動《うご》きをするか。それをみんなで見《み》よう」

「それ、動《うご》くのか？」

ヒロが聞《き》いた。

「壊《こわ》れてた。だから修理《しゅうり》しにいっていたんだ」

喬《たかし》がいなくなった理由《りゆう》がやっとわかった。

「人間《にんげん》や犬《いぬ》には無理《むり》でも、この小《ちい》さなブリキのネズミなら、もっと奥《おく》へ行《い》くことができるかもしれないじゃないか」

「そうか。なんだかぞくぞくしてきたな」

マサルが、マリを見《み》て言《い》った。

「よし、ぼくが中《なか》に入《はい》るから、はしごを用意《ようい》してくれないかな」

喬《たかし》が言《い》った。

「はしごはないから、ロープを体《からだ》に巻《ま》きつけて入《はい》ればいい。それは、おれたちに任《まか》せておけ」

マサルが言《い》うと、近《ちか》くにあったロープを喬《たかし》の胴体《どうたい》に巻《ま》きつけた。

喬《たかし》は、そろそろと井戸《いど》の中《なか》へ下《お》りていく。

やがて、

「着《つ》いたよ」

と、喬《たかし》の声《こえ》がした。

喬《たかし》はそこで、上着《うわぎ》のポケットからブリキのネズミを取《と》り出《だ》し、ゼンマイをまわして、横穴《よこあな》に入《い》れた。

ブリキのネズミがちょこちょこと奥《おく》へ進《すす》んでいくのを見届《みとど》けると、喬《たかし》は上《うえ》に向《む》かって、

「上《あ》げて」

と言《い》った。すると喬《たかし》の体《からだ》は徐々《じょじょ》に上《あ》がっていった。

外《そと》へ出《で》た喬《たかし》は、

「しばらくこの井戸《いど》の様子《ようす》を見《み》てみよう。何《なに》か変化《へんか》があるはずだ」

と言《い》った。

六人《にん》とも喬《たかし》の言《い》っている意味《いみ》がわからなかったが、井戸《いど》のまわりで雑談《ざつだん》しながら、ときどき井戸《いど》の中《なか》をのぞいてみた。

十分《ぷん》ほどしたとき、

「おーい、井戸《いど》の底《そこ》が濡《ぬ》れてきたぞ」

と、井戸《いど》の底《そこ》に懐中電灯《かいちゅうでんとう》を向《む》けていたヤスオが言《い》った。その声《こえ》で、五人《にん》が中《なか》をのぞいてみると、たしかに底《そこ》に水《みず》がしみ出《だ》しているのが見《み》えた。

「これ、どういうことだ？」

ヤスオが喬《たかし》に聞《き》いた。

「横穴《よこあな》から水《みず》が出《で》てきたんだ。見《み》ていなよ。水《みず》の量《りょう》がだんだん増《ふ》えてくるから」

「あの横穴《よこあな》は行《い》き止《ど》まりだったはずだぞ」

「ちがう。ブリキのネズミが奥《おく》の扉《とびら》を開《あ》けたんだ」

「奥《おく》になにがあるんだ？」

「水《みず》さ。地上《ちじょう》の水《みず》が、そこに通《つう》じている水路《すいろ》を開《あ》けたんだ。まもなくここから水《みず》が噴《ふ》きだしてくる。もう少《すこ》ししたら、山門《さんもん》に避難《ひなん》しよう」

喬《たかし》はとんでもないことを言《い》い出《だ》した。

「水《みず》の量《りょう》が増《ふ》えてきたよ」

井戸《いど》の中《なか》をのぞいていたケンタが言《い》った。

「本当《ほんとう》だ」

マサルが、中《なか》をのぞいて言《い》った。

水《みず》は見《み》る間《ま》に上《のぼ》ってくるので、七人《にん》は駆《か》け足《あし》で山門《さんもん》に上《のぼ》った。

そこから空井戸《からいど》が見《み》える。

七人《にん》は空井戸《からいど》に目《め》を凝《こ》らした。

やがて、井戸《いど》の縁《ふち》から水《みず》がもれてきた。

ゴゴゴゴゴー。

「もうすぐ噴《ふ》くぞ」

喬《たかし》が言《い》ってまもなく、井戸《いど》の口《くち》から水《みず》が噴水《ふんすい》のように噴《ふ》き出《だ》した。

「どうなってるの？」

マリは目《め》を見張《みは》った。

井戸《いど》から噴《ふ》き出《で》た水《みず》は、川《かわ》のように山門《さんもん》の下《した》を流《なが》れていった。

マリたちは声《こえ》も上《あ》げず、どくどくと流《なが》れる水《みず》をあっけにとられたままながめていた。

「そろそろだ」

喬《たかし》はそう言《い》うと、山門《さんもん》から下《お》りて、井戸《いど》の近《ちか》くに行《い》った。

井戸《いど》から出《で》る水《みず》は湧《わ》き水《みず》くらいの量《りょう》になっていた。

「これからどうなるっていうんだ？」

マサルもその井戸《いど》をのぞき込《こ》んだ。井戸《いど》の中《なか》からなにか浮《う》かび上《あ》がってくるものがある。

「うわっ！」

いきなり、水面《すいめん》からユリが顔《かお》を出《だ》しマサルは尻餅《しりもち》をついた。

「ぷはー」

そして続《つづ》けざまにタケルの頭《あたま》も出《で》てきた。

みんなで二人《ふたり》を井戸《いど》から引《ひ》き上《あ》げると、マリは思《おも》わずユリに飛《と》びついた。

「心配《しんぱい》してた？」

ユリが聞《き》いた。

「心配《しんぱい》なんてもんじゃないよ。でもよかった。生《い》きてて」

「死《し》んだと思《おも》ったの？」

「喬《たかし》くんはだいじょうぶだって言《い》ってたけど、こんなに長《なが》い間《あいだ》、地面《じめん》の下《した》で無事《ぶじ》でいられるなんて考《かんが》えられないじゃない」

マリは胸《むね》をなでおろした。

ユリの後《あと》からも、なにか井戸《いど》の底《そこ》から浮《う》き上《あ》がってくる。

「なんだ？」

悪《ワル》ガキたちも井戸《いど》に顔《かお》を寄《よ》せると、水面《すいめん》から無数《むすう》のネズミが顔《かお》を出《だ》した。

辺《あた》りはネズミだらけになり、悪《ワル》ガキたちは飛《と》び退《の》いた。やがて、うちあがったたくさんのネズミたちはそれぞれ散《ち》り散《ぢ》りにいなくなった。

「さよなら」

ユリはネズミたちに手《て》を振《ふ》った。

「みんな、どこへ行《い》くの？」

「水《みず》が引《ひ》いたから、洪水《こうずい》で住《す》めなくなったもとの住処《すみか》へそれぞれ帰《かえ》るんだ」

喬《たかし》が言《い》った。

「流《なが》れに身《み》を任《まか》せろって、こういうことだったんだね」

タケルはちょっと怒《おこ》ったような顔《かお》で言《い》うと、喬《たかし》はめずらしく声《こえ》を出《だ》して笑《わら》った。

「そのネズミはどうしたの？」

マリは、タケルの頭《あたま》にしがみついたままの白《しろ》いネズミに気《き》がついた。

「ハツカネズミのチューだよ。地下《ちか》で友《とも》だちになったんだ」

「かわいいね」

マリはまじまじとチューをながめた。

「そうだろ」

タケルは嬉《うれ》しそうに答《こた》えた。

「なにを捜《さが》しているんだ？」

マサルが、さっきからキョロキョロしている喬《たかし》に聞《き》いた。

「ブリキのネズミさ。きっと水《みず》と一緒《いっしょ》に噴《ふ》き上《あ》げられたはずだ」

「じゃ、おれたちも捜《さが》そう」

マサルは先《さき》に立《た》って捜《さが》しはじめた。ヒロとヤスオもそれに続《つづ》いた。

「井戸《いど》のまわりにはないと思《おも》う。きっと境内《けいだい》のどこかよ。お墓《はか》の上《うえ》に乗《の》ってるかもしれない」

マリは、石塔《せきとう》の間《あいだ》を捜《さが》して歩《ある》いた。

「見《み》つけたぞ」

と、マサルの声《こえ》がした。

みんながその声《こえ》に振《ふ》り返《かえ》ると、

「ほら、あそこにいる」

マサルが指《ゆび》さしたのは塀《へい》の上《うえ》だった。ブリキのネズミはそこにちょこんと座《すわ》っていた。

喬《たかし》が駆《か》け寄《よ》って手《て》を伸《の》ばすと、ブリキのネズミは、ふっとその場《ば》から消《き》えた。

「あそこ！」

マリが指《ゆび》さす方向《ほうこう》に、宙《ちゅう》を跳《と》んでいくブリキのネズミが見《み》えた。そして、ある人《ひと》の手《て》に吸《す》いつくようにおさまった。

「篠田先生《しのだせんせい》！」

タケルが叫《さけ》んだ。

「わたしの求《もと》めていたものを、見《み》つけてくれてありがとう」

十メートルくらい離《はな》れた場所《ばしょ》で、篠田《しのだ》がブリキのネズミを手《て》にしていた。黒《くろ》いライダースーツに身《み》を包《つつ》み、大型《おおがた》バイクにまたがって悪《ワル》ガキたちにぬけぬけと頭《あたま》を下《さ》げた。

どうやら、かぎ針《ばり》のついたテグスのようなもので引《ひ》っかけて、喬《たかし》からブリキのネズミをかす

め取《と》ったようだ。

「なに言《い》ってるのよ、それは喬《たかし》くんのものでしょ、返《かえ》しなさいよ!」

マリは篠田《しのだ》を怒鳴《どな》りつけた。

「イヤよ、これを手《て》に入《い》れるのにどれだけ苦労《くろう》したと思《おも》ってるの?」

篠田《しのだ》は愛《いと》おしそうにネズミの頭《あたま》を何度《なんど》もなでた。

バイクのエンジンはかけたままだ。下手《へた》に近《ちか》づけば、すぐにでも走《はし》り去《さ》ってしまうだろう。

「どうせ詐欺《さぎ》グループの黒幕《くろまく》もあなたでしょ」

マリが言《い》った。

「そんなの知《し》らないわよ。わたしはただ、ネズミたちの住処《すみか》を水没《すいぼつ》させれば、そこの彼《かれ》が、このネズミちゃんを使《つか》って助《たす》けるんじゃないかと思《おも》っただけよ」

篠田《しのだ》は喬《たかし》のことを指差《ゆびさ》した。

どうやら、篠田《しのだ》の目的《もくてき》はブリキのネズミを手《て》に入《い》れることだったようだ。しかし、そんなことのために、埋蔵金話《まいぞうきんばなし》をでっち上《あ》げ、男《おとこ》たちをだまし、地下《ちか》を掘《ほ》らせ、北小《きたしょう》の校庭《こうてい》に大穴《おおあな》をあけさせたというのか。

「町《まち》に、ネズミたちの警告《けいこく》サインを落書《らくが》きしたのもあなたですね?」

喬《たかし》が無表情《むひょうじょう》で言《い》った。

「その方《ほう》が、ネズミの住処《すみか》にたくさんネズミが集《あつ》まると思《おも》ったのよ。結構《けっこう》うまくいったでしょ」

篠田《しのだ》は、むしろ自慢《じまん》げに答《こた》えた。

ひょんなことから落書《らくが》き犯《はん》の正体《しょうたい》もわかってしまった。

「ぼくにはわからない。そんなおもちゃのために、そこまでする価値《かち》があるんですか！」

納得《なっとく》いかず、タケルが叫《さけ》んだ。

「バカね。あるからやったのよ」

篠田《しのだ》は鼻《はな》で笑《わら》った。

「埋蔵金《まいぞうきん》の話《はなし》、あなたたちはウソだと思《おも》ってるでしょう？」

「違《ちが》うっていうの？」

マリは言《い》った。

「埋蔵金《まいぞうきん》はあるわよ。ただし、ここじゃなくて別《べつ》のところ。そして、埋蔵金《まいぞうきん》へとたどり着《つ》く通《つう》路《ろ》を開《あ》けられるのはこの子《こ》だけ」

たった今《いま》、ブリキのネズミの実力《じつりょく》を見《み》たばかりのマリたちは、あり得《え》ることだと思《おも》えた。

「ついに念願《ねんがん》だった埋蔵金《まいぞうきん》が手《て》に入《はい》る。あなたたちにはいくらお礼《れい》しても足《た》りないくらい。本《ほん》当《とう》にご苦労様《くろうさま》でした」

篠田《しのだ》は上機嫌《じょうきげん》で、マリたちに再《ふたた》びお礼《れい》を言《い》った。

「そんなにうまくいくかしら」

こっそり篠田《しのだ》の後《うし》ろにまわっていた、ヒロ、マサル、ヤスオが一斉《いっせい》に飛《と》びかかった。

マリは話《はなし》を長引《ながび》かせ、わざと時間《じかん》かせぎをしていたのだ。

ところが篠田《しのだ》はタイミングよくバイクを発進《はっしん》させ、悪《ワル》ガキたちの攻撃《こうげき》をひらりと避《よ》けた。

その拍子《ひょうし》に、まだ残《のこ》っていた水《みず》たまりがタイヤを空回《からまわ》りさせ、マサルたちにドロ水《みず》をぶっかけた。

「ちくしょう、あと少《すこ》しだったのに」

びしょ濡《ぬ》れのマサルたちは地団駄《じだんだ》を踏《ふ》んだ。

「あなたたち、バイクのバックミラーにちゃんと映《うつ》ってたわよ」

篠田《しのだ》は、指《ゆび》を振《ふ》ってウインクした。

どうやら篠田《しのだ》の方《ほう》が一枚上手《いちまいうわて》だったようだ。

「じゃあね～、バイバ～イ」

篠田《しのだ》のバイクは、葵町《あおいちょう》の細《ほそ》い路地《ろじ》を、水《みず》しぶきをあげながら疾走《しっそう》していく。

まずい、このままでは逃《に》げられてしまう。

「待《ま》ちなさいよー！」

悪《ワル》ガキたちは住人《じゅうにん》たちの家《いえ》の中《なか》を横切《よこぎ》ったりショートカットしたりして追《お》いかけたが、バイクが相手《あいて》では如何《いかん》ともしがたい。

「もうダメだわ。あと少《すこ》しで町《まち》から外《そと》へ出《で》てしまう」

ユリが弱音《よわね》をはくと、

「だいじょうぶ、こっちには、まだ切《き》り札《ふだ》が残《のこ》っている。ほら」

と、タケルが篠田《しのだ》の背中《せなか》を指差《ゆびさ》した。そこには、白《しろ》いネズミが張《は》りついていた。

「チュー!」

ユリが叫《さけ》んだ。

チューはもぞもぞと、バイクをとばしている篠田《しのだ》の懐《ふところ》にもぐり込《こ》んだ。

「きゃーっ、いったいなに?」

篠田《しのだ》の様子《ようす》が明《あき》らかにおかしい。

そして走《はし》るバイクから、なにかが転《ころ》げ落《お》ちた。

ガシャン!

それは地面《じめん》に落《お》ちてバラバラになった。

チューが、篠田《しのだ》のポケットからブリキのネズミを外《そと》に落《お》としたのだ。

「わたしのネズミちゃんが!」

急《きゅう》ブレーキをかけ、篠田《しのだ》はバイクを停止《ていし》させたが、壊《こわ》れたブリキのネズミは元《もと》には戻《もど》らない。

「も~う、最悪《さいあく》だわ。なんなの、このネズミ!」

篠田《しのだ》は、チューをはたき落《お》とそうと体《からだ》をよじった。しかし、チューは素早《すばや》く篠田《しのだ》の攻撃《こうげき》を避《よ》け、どこかへ走《はし》り去《さ》った。

「先生《せんせい》が、ネズミたちにひどいことするからバチが当《あ》たったんですよ」

やっと追《お》いついたタケルが、一言《ひとこと》お見舞《みま》いした。

「この落《お》とし前《まえ》は絶対《ぜったい》につけてやるんだから〜」

そう捨《す》て台詞《ぜりふ》を残《のこ》し、篠田《しのだ》のバイクは夕闇《ゆうやみ》に姿《すがた》を消《け》した。

「ごめん。きみのブリキのネズミ、壊《こわ》しちゃった」

タケルは喬《たかし》を見《み》つけると、拾《ひろ》い集《あつ》めたブリキのネズミの残骸《ざんがい》を手渡《てわた》しながら頭《あたま》を下《さ》げた。

「きみが謝《あやま》る必要《ひつよう》はないよ。悪《わる》い人《ひと》の手《て》に渡《わた》るより、ずっとましな結末《けつまつ》だよ」

喬《たかし》は満足《まんぞく》そうな笑顔《えがお》を見《み》せた。

# エピローグ

立《た》つ鳥跡《とりあと》を濁《にご》さず。

匿名《とくめい》の告発《こくはつ》により、悪徳工事請負業者《あくとくこうじうけおいぎょうしゃ》や、不正《ふせい》な廃品回収業者《はいひんかいしゅうぎょうしゃ》、賄賂《わいろ》をもらっていた学校《がっこう》関係者《かんけいしゃ》、欲《よく》に目《め》がくらんでそれらの片棒《かたぼう》を担《かつ》いでいたお金持《かねも》ちらが、一斉《いっせい》に排除《はいじょ》された。

それはすべて、あのまま姿《すがた》を消《け》した篠田《しのだ》の仕業《しわざ》だったんじゃないかと悪《ワル》ガキたちはうわさした。

そして、彼女《かのじょ》は篠田《しのだ》ではなかった。篠田奈々美《しのだななみ》という名前《なまえ》の教師《きょうし》は別《べつ》にいて、彼女《かのじょ》とは似《に》ても似《に》つかぬ人物《じんぶつ》だった。

本物《ほんもの》の篠田先生《しのだせんせい》は、教員免許《きょういんめんきょ》は持《も》っていたものの、教師生活《きょうしせいかつ》に馴染《なじ》めず自宅《じたく》で引《ひ》きこもっていたのだ。

では、彼女《かのじょ》はいったい何者《なにもの》だったのか、それは今《いま》もわかっていない。

そして、ついに北部小学校《ほくぶしょうがっこう》の工事《こうじ》が完了《かんりょう》した。

明日《あす》からタケルたちは、自分《じぶん》たちの学校《がっこう》に通《かよ》うことになる。

「結局《けっきょく》、勝負《しょうぶ》がつかなかったね」

最後《さいご》の日《ひ》、校舎《こうしゃ》から出《で》ていこうとするタケルにマリは声《こえ》をかけた。

「いや、ぼくたちの負《ま》けだ」

振《ふ》り向《む》きざまに、タケルが言《い》った。

キョトンとしているマリに、

「喬《たかし》くんが落書《らくが》き犯《はん》を暴《あば》いたんだ。だったら、そっちの勝《か》ちじゃないか？」

と、タケルが笑《わら》った。

「じゃ、明日《あした》から、あの教室《きょうしつ》はわたしたちのものね」

「そんなの当《あ》たり前《まえ》じゃないか。だってぼくたち、この学校《がっこう》もこれで最後《さいご》なんだから」

タケルはとぼけて舌《した》を出《だ》した。

「さびしくなるなあ」

マリは口《くち》をつぐんで上《うえ》を見《み》た。涙《なみだ》がこぼれそうだったから。

「また来《く》るよ」

タケルはすっと手《て》を差《さ》し出《だ》した。

「約束《やくそく》だよ」

マリは、渾身《こんしん》の力《ちから》を込《こ》めて握《にぎ》り返《かえ》した。

# あとがきにかえて

今回《こんかい》の物語《ものがたり》では、悪《ワル》ガキたちのライバルを登場《とうじょう》させてみました。

一学年《がくねん》ひとクラスしかなかった葵小学校《あおいしょうがっこう》に、ある日突然《ひとつぜん》、もうひとつ別《べつ》のクラスができることになります。

ピカピカの机《つくえ》とイスが並《なら》んだ教室《きょうしつ》にやってきたのは、美人先生《びじんせんせい》率《ひき》いる北部小学校《ほくぶしょうがっこう》の五年生《ねんせい》たち。自分《じぶん》たちだけ、古《ふる》い机《つくえ》とイスのままなのが気《き》に入《い》らない悪《ワル》ガキたちは、それらをかけて、さまざまな勝負《しょうぶ》を挑《いど》みます。北小《きたしょう》五年《ねん》のリーダーであるタケルはかなりの切《き》れ者《もの》で、悪《ワル》ガキたちにとっても、相手《あいて》に不足《ふそく》はありません。

学校《がっこう》で、いい友《とも》だちを見《み》つけることは大切《たいせつ》ですが、いい競争相手《きょうそうあいて》を見《み》つけることも、とても重要《じゅうよう》です。

一口《ひとくち》に競争相手《きょうそうあいて》と言《い》っても、相手《あいて》の実力《じつりょく》が圧倒的《あっとうてき》に上《うえ》で、負《ま》けてばかりでは自信《じしん》をなくしてしまうし、その逆《ぎゃく》ならば、勝負《しょうぶ》することが退屈《たいくつ》になって、自分自身《じぶんじしん》が成長《せいちょう》することはほとんどないでしょう。

もちろん、ズルをして勝《か》ったって意味《いみ》がありません。一度《いちど》相手《あいて》に軽蔑《けいべつ》されてしまったら、取《と》り返《かえ》しがつかなくなります。

正々堂々《せいせいどうどう》と戦《たたか》って、勝《か》ったり負《ま》けたりしながら、切磋琢磨《せっさたくま》できる相手《あいて》、それは同《おな》じくらいの力《ちから》を持《も》った、同世代《どうせだい》の子《こ》どもがちょうどいいのです。


物語《ものがたり》の世界《せかい》を行《ゆ》き来《き》する少年《しょうねん》、喬《たかし》。

今回《こんかい》は、昔《むかし》ばなし、「おむすびころりん」の世界《せかい》からやってきたようです。

足元《あしもと》の小《ち》さな穴《あな》の先《さき》に、別《べつ》の世界《せかい》がある、と彼《かれ》は言《い》います。

でもこれは、そんなに不思議《ふしぎ》な話《はなし》ではないのです。

考《かんが》えてみてください。

みなさんがいる、一枚壁《まいかべ》を隔《へだ》てた向《む》こう側《がわ》に、学校《がっこう》なら別《べつ》のクラスがあり、アパートやマンションなら別《べつ》の家族《かぞく》が生活《せいかつ》しています。

ある意味《いみ》、これは別《べつ》の世界《せかい》です。

いつも通《かよ》っている学校《がっこう》や、いつも遊《あそ》んでいる友《とも》だちのことだって、知《し》っているようで、実《じつ》はまったくわかっていません。

虫《むし》ばかり観察《かんさつ》している近所《きんじょ》のおとなしい少年《しょうねん》が、将来《しょうらい》、難病《なんびょう》の特効薬《とっこうやく》を開発《かいはつ》するのかもしれないし、いつも公園《こうえん》で日向《ひなた》ぼっこしているしわしわのおばあさんが、かつてオリンピックで大《だい》活躍《かつやく》した金《きん》メダリストだったのかもしれません。

前《まえ》を歩《ある》いているおじさんは、千年《せんねん》も生《い》きている仙人《せんにん》なのかもしれないし、今日《きょう》も黒板《こくばん》の前《まえ》に立《た》っている先生《せんせい》は、実《じつ》は世間《せけん》を騒《さわ》がす大泥棒《おおどろぼう》だったりするかもしれません。

もっと言《い》えば、お父《とう》さんやお母《かあ》さんだって、きみたちが学校《がっこう》に行《い》っている間《あいだ》、本当《ほんとう》は何《なに》をしているのかわかりません。

もしかすると、秘密警察《ひみつけいさつ》の一員《いちいん》で、日夜《にちや》、悪人《あくにん》たちと戦《たたか》っているのかもしれませんよ。

昔《むかし》ばなしでは、みすぼらしい人《ひと》や小《ちい》さくて弱《よわ》い者《もの》を、侮《あなど》っていい加減《かげん》に扱《あつか》うと、大変《たいへん》な罰《ばち》があたることがよくあります。

思《おも》い込《こ》みや見《み》た目《め》だけで物事《ものごと》を判断《はんだん》するのは、あまりにも軽率《けいそつ》なことです。

だから、みなさんもいろんなことに興味《きょうみ》を持《も》って、注意深《ちゅういぶか》くさまざまな穴《あな》をのぞいてみてはどうでしょうか。

どうせなら、どこかの名探偵《めいたんてい》のように、日焼《ひや》け具合《ぐあい》、髪《かみ》の毛《け》の量《りょう》や色《いろ》、身《み》のこなし、着《き》ている服《ふく》のブランド、靴《くつ》の擦《す》り切《き》れ具合《ぐあい》などなど、とことんまで観察《かんさつ》してみてはいかがでしょう。

きっと面白《おもしろ》いことが発見《はっけん》できることでしょう。

何《なに》かとんでもないことを見《み》つけたら、こっそりぼくに教《おし》えてください。

おむすびころりん、すっとんとん。

宗田《そうだ》　理《おさむ》

**宗田 理★**そうだ・おさむ／作家
東京都出身。日本大学藝術学部卒業。出版社に勤務したのち、水産業界の裏側を描いた『未知海域』を発表。同作が1979年に直木賞候補となり、以後、執筆活動に入る。1985年刊行の『ぼくらの七日間戦争』がベストセラーとなり、続刊となる『ぼくらの天使ゲーム』『ぼくらの大冒険』など、「ぼくら」シリーズを中心に人気を博している。その他著書多数。現在、名古屋市在住。

◎イラスト
**中山 敦支★**なかやま・あつし／漫画家
鹿児島県出身。主な作品に『ねじまきカギュー』『うらたろう』（ヤングジャンプ・コミックス）『トラウマイスタ』（少年サンデーコミックス）などがある。

# WARUGAKI★7

**悪《ワル》ガキ7《セブン》**
**学《がっ》校《こう》対《たい》抗《こう》イス取《と》りゲーム**
2018年2月22日　初版第1刷

著　者★**宗田 理**
©Osamu Souda 2018

装　丁★**成見 紀子**
編　集★**荻原 華林**

発行者★**松岡 佑子**
発行所★**株式会社 静山社**
〒102-0073 東京都千代田区九段北1-15-15
電話 03-5210-7221

印刷・製本★**中央精版印刷株式会社**



ISBN 978-4-86389-406-8　Printed in Japan

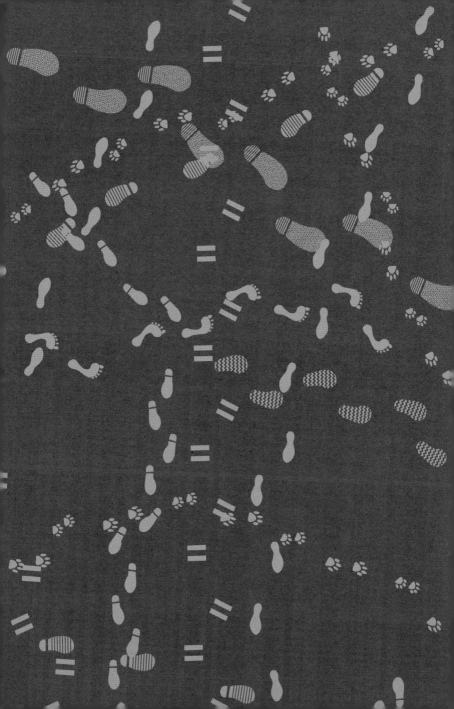